주요 전시·공연

예술의전당 콘서트홀 작곡발표회(서울, 2019. 9. 1) │ 세종문화회관 동양화 개인전(서울, 1980. 1. 9~19) │ 동양화 개인전(뉴욕 한국문화원, 1983. 4월) 외 30회 개인전 │ 카네기홀 작곡발표회(뉴욕, 2017. 10. 21) │ LA zipper music Hall 공연(카네기홀 앙콜 음악회, 2018년 1월) │ Wee museum of fine art & Wee gallery of fine art 운영(2010~2019)

예술은 다양성의 하나

조강훈 예총 회장

강위덕, 그는 누구인가?

나는 그의 예술세계를 보며 호모 아리텍스 논리를 연상했다. 호모 아리텍스란 르네상스 시대의 만능 예술가들처럼 오늘날에도 그런 특별한 예술가들이 종종 출연하여 활동하고 있는 것을 지칭한다. 강위덕, 그는 종합예술을 하면서도 주종은 그림이다. 음악과 조각, 문학은 미술을 하기 위해 보조 역할을 하는 분야라고 그는 말한다. 더욱이 그가 저술한 SF소설을 보면 최첨단 물리학을 능숙하게 다루고 12차원의 공간, 다(多)세계의 실상을 파헤치고 있다. 그뿐만 아니라 그의 작곡 세계는 책-리퍼버릭, 폴란드, 불가리아. 뉴욕 맨해튼 등 여러 나라에서 10차례 교향곡 발표를 한 바 있다.

특히 이번 전시는 다양성과 합류한다. 하이퍼 리얼리즘과 추상화의 만남이다. 두 종류의 그림을 한 장소에서 전시한다. 옛것과 지금의 만남이다. 실험예술이다. 위대한 예술은 끈질긴 탐색과 실험과 기다림 끝에 비로소 탄생한다. 순간적인 영감에 의해 단숨에 완성되는 것이 아니라 오히려 우리가 영감이라고 하는 것이야말로 오랜 인내의 결과라고 해야 할 것이다.

강위덕 화백은 두 가지의 장르를 구분하지 않고 하나로 보고 있다. 물리적이고 생태적 자연을 그리다가 불현듯 메타버스의 복잡한 공간을 아바타를 타고 여행하면서 프레인 에어(사생)를 즐긴다. 아바타 용법은 정신 나간 사람의 또 다른 영감의 도구다. "그것임(it is)."이다. 이 지구는 하나가 아닌 두 개의 그것, 지구 위에는 또 하나의 지구가 있다. 사람들은 두 개의 지구를 공유하며 살아간다. 메타버스의 세계다. 인스타그램, 페이스북 등 인터넷 세상은 우리의 생활 속에 깊숙이 침투하여 그것 없이는 살아갈 수 없게 되었다. 반 고흐는 정신 나간 사람이 살고 있는 정신병동에서 마지막 10년을 살면서 그린 그림이 현재 세계의 박물관에 보관되고 있다. 인터넷 세계가 없던 시대에 그는 이미 메타버스의 세계를 내다본 것이다. 그 세계가 붓다나 예수, 공자처럼 혹은 멕시코 원주민의 해방운동가처럼 메타버스의 세계를 횡행(橫行)하는 세계. 곧 정신병원에 해당한다.

메타버스 세계의 풍경화
오른쪽 하단부, 아바타 말이 주인의 명령에 귀를 쫑긋하고 있다. 이번 전시의 주인공이고 작가인 강위덕은 왼쪽 상단에서 아바타에게 호령하고 있다.

강위덕 화백의 예술세계는 춤추고, 노래하고, 그림을 그리고, 조각하는 등의 모든 사물과의 리듬을 만들어 내는 행위예술이다. 클레의 말처럼 그릴 준비가 되어 있지 않은 것들은 노래가 없고 춤도 없고 리듬도 없고 다만 몽롱할 뿐이다. 간절히 원하는 사람은 가만히 기다리는 대신 무언가를 시도한다. 시도한다는 것은 소음을 내면서 움직이는 것이다. 실험은 용기 있는 자들의 행위예술이다.

오늘날 현대미술에서는 명확하지 않은 용어들이 자주 등장한다. 이러한 용어를 다루는 범주는 유동적이며 맥락에 따라 달라지기도 한다. 이번 전시, 2024년 강위덕 서울 특별전시는 시작부터가 다르다. 첫날 리셉션에서는 시간 기반 예술로 시작된다. 노래가 시간을 잡아먹을 즈음 한 노래 속에서 3국(三國)시대의 고전 춤과 초현대 무용이 동시에 각기 다른 곡 해석의 행위로 아방가르드를 창조해 낸다.

최근 베를린에서는 시간 기반 예술을 중심으로 율리아 슈토셰크 콜렉터가 이런 작품만을 수집하여 소장전을 열기도 한다. 그뿐만 아니라 Jc, 또는 플르엔툼 회사도 같은 방법으로 시간 기반 미술 작품을 수집하고 있다.

음악과 춤과 미술, 다음 전시에는 더욱 빛을 보기 위해 각각의 작품마다 센서를 달아 노래가 나오도록 기획한다고 하니 자못 그의 미래를 기대해 본다.

참고로 작가 강위덕의 말을 개재한다. 이번 전시를 하는 작가의 스테이트먼트다.

"음악은 시간의 진행으로 이루어지는 예술이다. 소리가 울리는 동시에 과거가 되는 것이지만 기억으로 고정된다. 청각으로 감성을 느끼는 예술이다. 미술은 진행을 공간적으로 설명하는 예술 행위다. 이미지와 사운드의 결합이다.

문학은 이 두 가지가 결합할 때의 생각 예술이다. 음악, 미술, 문학은 독립적으로 존재하는 것이 아니라 서로 영향을 주고받는 밀접한 관계이다. 19세기 후반 인상주의 통합에서 퓨젼아트가 머리를 들기 시작하면서 "나는 생각함으로 존재한다."는 데카르트의 논리를 입증한 셈이다.

사람이라면 누구나 세 가지를 가지고 있다. 그림(인물), 노래, 언어이다.

이번 개인전은 삼위일체의 논법을 확대한 기획전이며 다양성의 하나다.

'허물다 전(展)'이다. 하이퍼리얼리즘, 쉬르리얼리즘, 소리예술. 회화예술, 문학예술의 경계를 허무는 예술 전시다. 도토리 키 재기를 없애는 '허물다 전'이다.

그림을 보고 눈물을 흘리지 않지만, 글을 읽으면서 눈물을 자아내고 한 술 더 떠서 노래를 들으면 감성이 폭포수처럼 쏟아진다. 그림〈문학〈노래의 순이다. 노래는 절정(絶頂)이다. 노래를 들으면 그림이 보이고 시가 쏟아진다. 이것이 내가 음악과 문학을 하는 이유이다.

감성이 없는 그림은 사랑이 없는 부부와 같다." 이상 강위덕 작가의 말이다. 사뭇 이번 전시가 궁금하다. 과연 작가가 새롭게 시도하는 실험무대가 성공할 것인가? 성공한다면 어떤 파장을 몰고 올 것인가?

풍경이 있는 랩소디

강위덕 2024 서울 특별전시회

인사아트플라자에서의 '2024 서울 특별전시회' 〈풍경이 있는 랩소디〉는 강위덕의 인생에서 또 하나의 소중한 봉우리로 기록될 것이다. 1980년 세종문화회관에서의 동양화 개인전 이후 미국으로 건너가 활동을 이어갔고, 2017년 뉴욕 카네기홀 작곡 발표회와 2018년 LA zipper music Hall에서의 음악회(카네기홀 앙코르 공연), 2019년 서울 예술의전당 콘서트홀 작곡 발표회, 그리고 1983년 뉴욕 한국문화원 동양화 전시회와 2022년 정읍사예술회관 미술전 등 30여 회의 개인전이 모두 예술을 사랑하는 분들과 뜻깊게 만나는 크고 작은 봉우리였다.

전시와 공연을 준비할 때마다 늘 '예술이란 무엇일까?'에 대해 생각해 보곤 했는데, 이번에 나에게 붙여진 '표현하는 인간 호모 아르테스(Homo Artes)'라는 말이 썩 마음에 든다. 흔히 예술을 표현하는 창조 활동이라 일컫고, 이런 활동을 하는 사람을 예술가라고 한다면 '표현하는 인간 Homo Artes'가 그럴싸하지 않겠는가? 더욱이 예술의 본령이 전시를 관람하는 사람, 음악을 듣는 사람, 문학의 독자 등과 상호작용을 통해 소통(疏通)하는 영역까지 아우른다면 전시와 공연을 포괄하는 개념의 전람(展覽)은 그 자체로 예술의 한 영역이라고 해도 지나친 말은 아닐 성싶다.

강위덕의 '2024 서울 특별전시회' 〈풍경이 있는 랩소디〉는 상호작용과 소통이라는 예술의 본령에 걸맞도록 준비해 보려고 노력했다. 54점의 미술작품을 전시하는 것은 두말할 나위도 없고, 직접 작곡하고 창작한 음악과 문학이 함께 어우러져 표현하는 인간 강위덕을 세상과 사람들에게 전하려고 하는 것이다.

예술가의 예술 행위가 아름다움[美]을 받드는 하나의 도전이라고 할 때 1939년에 태어난 강위덕의 '2024 서울 특별전시회'는 그 연륜만으로도 나름의 의의를 찾을 수 있을 듯하다. 예술이 언제나 지고지순(至高至純)의 가치만을 드러내 보이기는 어려울지라도 삶을 총체적으로 조망하면서 아름다움의 피안(彼岸)에 눈길을 보낸다는 보편적인 태도만 가지고도 나름의 역할을 해낸다고 생각한다.

〈풍경이 있는 랩소디〉의 또 다른 의의(意義)도 꼽을 수 있다. 그동안 시인, 화가, 조각가, 작곡가 등으로 지칭되거나 '멀티 아티스트'라 부르는 사람들도 있었다. 그런데 이런 구분 자체가 무색하게 '표현하는 인간 호모 아르테스(Homo Artes)'라는 위치 설정이 이루어지고 예술가 본연의 위상을 가질 수 있게 되었다는 사실이다. 미술과 음악과 문학이 아름다움을 표현하는 예술의 가장 기본적인 세 부문이긴 하지만, 굳이 경계를 짓는 호칭이 무의미하다고 생각하던 차에 '2024 서울 특별전시회'가 계획되었고, 미술과 음악과 문학을 함께 아우르는 퍼포먼스로 이루어지게 되었다. 그런 점에서 〈풍경이 있는 랩소디〉의 개막공연에 나름의 의미를 부여할 수 있을 듯하다.

차례

01 주요 전시·공연
02 예술은 다양성의 하나/ 조강훈 예총 회장
04 풍경이 있는 랩소디

전시 작품

12 숨겨지지 않은 작가의 마음
14 역동적인 산세와 기품 있는 소나무
16 소나무 숲 사이
18 자연에도 몸짓이 있다
20 진도의 산하
22 숲속의 춤
24 바람과 선율의 풍광
26 하운다기봉(夏雲多奇峰)
27 독수리와 소나무
28 쉴만한 곳
29 추억 속의 시골
30 자작나무
31 놓칠 뻔한 아름다운 곳
32 소나무

Opening Ceremony

34 <풍경에 있는 랩소디> 특별전시회를 기리며/ 장두이
36 성곡(聖曲) 독창
        <여호와 나의 피난처시라>
        <찬양하라 주님께>
36 시(詩) 낭송
        강위덕 <아, 대한민국> <옆구리>
        장두이 <본능> <부러지기 쉬운 갈대>
37 프로그라마틱 뮤직: <창조 그리고 재창조 (1악장, 2악장)>
40 <서해바다>, 현대 음악 취향의 형성

42   <아, 대한~민국>

평론
44   경계를 초월한 예술의 세계/ 강화석
            경계를 넘나들며 아름다움[美]에 도전하다
            귀국 이후의 성과 서울 2024 특별전시회
            세상을 바라보는 시선의 변화
            미의 완성을 위해 지향하는 기법
            노마드 기질의 예술혼
53   여유 있는 아름다움/ 石雲 이경성
55   하얀 창조/ 이병희

전시 작품
56   조각상: 최초의 여인
58   '허물다'의 미학
60   회고
62   애리조나의 노숙자
64   남자 누드
66   그랜드캐년
68   미로
70   크리에이션
72   어둠 속의 랩소디
74   트레볼로 위에 떠도는 마음 經
76   폭설, 저 거대한 책을 보라
77   이름 모를 강줄기
78   70년 전의 인물화
80   조용한 아침의 나라
81   해바라기
82   범람
83   빨간 집

삶과 예술

84   미술 음악 문학의 삼각 예술에 관한 탄젠트 함수

       비빔밥 예술론

       표현하는 인간 Homo Artex

       미술과 음악의 직각삼각형과 탄젠트 삼각함수

       강위덕의 예술론

90   아폴론의 재림과 더불어 예술세계의 새로운 경지로 나아가다

       단기 4291년(1958) 미우회 창립전 참가

       줄리아드에서 음악 공부하고 작곡 시작

       뉴욕 카네기홀, 그리고 서울 예술의전당에서

       musium과 gallery의 운영, 국제 학술발표

96   두 마리 토끼, 그리고 문학이라는 토끼

       갑작스러운 영감과 더불어 작곡 시작

       챗GPT 따르자니 문학이 안성맞춤

101   광야를 달리며 포효하고 도전했던 86년

       미술 음악 문학으로 쌓은 작은 성과들

시(詩)

104   행위예술

105   부러지기 쉬운 갈대

106   본능

107   표절의 온도

109   옆구리는 외로움을 포함하지 않는다

111   물에도 등뼈가 있었다

112   각성

113   바다를 보시오

114   창조의 블랙박스

115   퀼트이불 실록(實錄)

117   쓰나미

표현하는 인간 Homo Artex

풍경이 있는 랩소디

강위덕 2024

MOIDOOBOOKS

전시 작품

숨겨지지 않은 작가의 마음(The artist's unhidden heart)

캔버스 위에 유화(oil painting on canvas) 162 x 130cm

캔버스를 가로지르는 물감, 부드럽게, 가볍게. 두껍게, 날카롭게 쌓아 올렸다. 물감 대신 자연의 물체나 기성품, 그 자연의 부분품으로 작품을 쌓아 올린다. 다다이즘, 쉬르리얼리즘에서 일반화된 예술 수법으로 상징적 환상적인 의미를 부여한 작품이다. 숨겨지지 않는 작가의 감성이 곧이곧대로 물결친다.

———

Paint flowing across the canvas, gently, lightly. It was piled up thickly and sharply. Instead of paint, the work is built using natural objects, ready-made products, or parts of nature. It is a work that gives symbolic and fantastic meaning using artistic techniques common in Dadaism and Surrealism. The artist's emotions, which are not hidden, wave straight through.

역동적인 산세와 기품 있는 소나무(Dynamic mountain scenery and atmospheric pine trees)

캔버스 위에 유화(oil painting on canvas) 118 x 190cm

역동적인 산세와 단아하고 기품 있는 소나무가 바람에 시달리다. 캔버스 위로 바람이 지나간다. 닦고, 붙이고, 문지르고, 얼룩을 만든다. 공간이 재해석되고, 임파스토 공법이 바람에 쌓인다.

———

The dynamic mountain landscape and graceful, elegant pine trees are battered by the wind. The wind passes over the canvas. Wash, stick, rub, and create stains. Space is reinterpreted, The impasto technique piles up in the wind.

소나무 숲 사이(between pine forests)

캔버스 위에 유화(oil painting on canvas) 180 x 90cm

소나무 그리기에 미칠 때가 있다. 부드럽고 온화한 느낌의 오일 칼라로 그리다가 자연을 뜯어 캔버스에 붙이는 작업에 몰두해 본다. 임파스토 기법이다.

———

There are times when I go crazy about drawing pine trees. I paint with oil colors that have a soft and gentle feel, and then concentrate on tearing up nature and attaching it to canvas. It is an impasto technique.

자연에도 몸짓이 있다(Nature also has gestures).

캔버스 위에 유화(oil painting on canvas) 162 x 106cm

자연이란 그것이 뭔가를 나타내기 위하여 의미를 부여한다. 자연에도 몸짓이 있다. 인간은 미세한 움직임을 제로(0)로 오인하는 오류를 범한다. 까딱거리는 손가락의 움직임 때문에 거대한 오케스트라가 소리를 내고, 사람의 생명을 살리기도 하고, 앗아 가기도 한다.

———

Nature gives meaning to something so that it represents something. Nature also has gestures. Humans make the mistake of mistaking small movements as zero. The movement of the twitching fingers creates a huge orchestra that can save or take a person's life.

진도의 산하(Scenery of Jindo)

캔버스 위에 유화(oil painting on canvas) 170 x 400cm

산천은 혼자서 앉아 있다.
한참을 걷다가 뒤돌아보아도
그때까지 혼자서 앉아 있다.

———

Nature sits alone.
Even if you look back after walking for a while,
that is still sitting alone.

숲속의 춤(dance in the forest).

캔버스 위에 유화(oil painting on canvas) 380 x 82cm

갈대처럼 바람을 이루고
구름처럼 자유로운 숲속의 춤,
낙락장송, 독야청청,
그렇게 살고 싶다.

———

A dance in the forest that forms the wind like a reed
and is free like a cloud,
落落長松, 獨也靑靑,
I want to live like that.

바람과 선율의 풍광(vista scenery of wind and shane)

캔버스 위에 유화(oil painting on canvas) 45 x 66cm

쉼표라고 해야 하나.

음악에도 쉼표가 있다.

쉼표는 끝나지 않은 이야기 속에

고민과 시도가 남아 있다.

———

Should I call it a comma?

There are rests in music too.

Comma is an unfinished story

in which concerns and attempts remain.

하운다기봉(夏雲多奇峯, The peak rising above the summer clouds)

캔버스 위에 유화(oil painting on canvas) 95 x 73cm

독수리와 소나무(eagle and pine tree)

캔버스 위에 유화(oil painting on canvas) 160 x 230cm

쉴만한 곳(A place to rest)

캔버스 위에 유화(oil painting on canvas) 64 x 36cm

추억 속의 시골 1(countryside in memories)

캔버스 위에 유화(oil painting on canvas) 70 x 60cm

자작나무 (birch tree).

캔버스 위에 유화(oil painting on canvas) 60 x 90cm

놓칠 뻔한 아름다운 곳(A beautiful place not to be missed)

캔버스 위에 유화(oil painting on canvas) 65 x 36cm

소나무(pine tree)

캔버스 위에 유화(oil painting on canvas) 66 x 50cm

사람들은 높은 곳을 좋아한다

두 주먹에 교만을 움켜쥐고

속세를 딛고 산꼭대기, 정상을 찾아 권력을 추구해도

뿌리박힌 소나무는 신선한 공기를 찾아

아래로 가지를 뻗지만, 사람들은 그 의미를 깨닫지 못한다

손금 따라 강물이 흐르고

강물 따라 손금이 패는 펑퍼짐한 바닥,

막상 무릎 끓어 갯벌에 입맞추는 겸손한 농민들은

산등성을 바라보며 외롭게 서 있는 권력자들에게

먹을 것 입을 것 준비해 놓고 내려오라고 손짓한다

———

people like high places

Hold your pride in both fists

Even if you climb to the top of a mountain to overcome the
world and seek power,

Deep-rooted pine trees seek fresh air

It splits down, but people don't understand what that
means.

A river flows along the Pamistri line.

Flat ground along the palm trees lining the river;

Humble farmers kneeling and kissing the mudflats

To those in power who stand alone looking at the mountain
ridge

He motioned for us to prepare food and clothing and come
down.

Opening Ceremony

<풍경이 있는 랩소디> 특별전시회를 기리며

장두이(연극인)

강위덕 화백은 한국 화단의 원로이자 특히 풍경화의 거목(巨木)이다. 1939년 3월 31일에 태어나셨으니 인생 고희(古稀)와 희수(喜壽)의 고개를 넘어 미수(米壽)를 앞둔 연세에도 강위덕 선생은 '토털 아티스트'로서 전천후의 창작활동을 왕성하게 이어가고 있는 거장(巨匠)이시다. '표현하는 인간 Homo Artes'란 말에 걸맞게 미술과 음악과 문학이라는 예술의 세 중추 분야에서의 괄목할 성과가 날로 빛이 난다.

특히 근년(近年) 들어서 우리 산천 대자연을 가감 없이 표출해 내는 500호가 넘는 대작을 비롯한 평생의 작업에 온 정성과 노력을 기울이는 가운데, 오는 10월 16일부터 29일까지 2주간 <풍경이 있는 랩소디> 특별전시회를 '인사아트프라자 1층 갤러리'에서 갖게 되었다.

강위덕 선생은 필자가 뉴욕에서 활동할 때, 천운(天運)으로 특별한 만남을 가졌던 예술 세계의 선배로서 지금도 창작의 열의에 있어 귀감(龜鑑)이 되는 분이다. 늘 겸허하고 한순간도 생을 헛되이 낭비하지 않는 열정으로 집념의 예술 작업을 계속 이어오는 강 화백님은 진실로 존경하는 '토털 아티스트'이자 '표현하는 인간'의 표상이다.

화가로서 선생은 1980년대 초반 현대예술의 도시 뉴욕에 정착하여, 유서 깊은 'College of Art Student League'에서 크로키, 점묘, 회화, 조각 작업으로 이미 인정받으며 국제적 입지를 이루었고, 국내는 물론 미국과 대만 등지에서 30여 차례의 초대 개인전으로 동양화와 현대 회화의 경계를 넘나드는 큰 의미의 아름다움을 지향하여 광대무변(廣大無邊)의 도전에 앞장서 오셨다.

특히 선생은 회화뿐만 아니라, 평소에 미술 작업과 함께 영적(靈的) 감성(感性)을 나누던 음악 세계에도 몰입하기에 이른다. 마침내 뉴욕 'Julliard 음악학교'에서 10여 년간 작곡을 전공해 뉴욕 '카네기홀(2017년)'과 LA 'Zipper Music Hall(2018년)', 그리고 서울 '예술의전당(2019년)'에서 작곡발표회를 열어, 직접 작곡한 수십 편의 작품을 성공적으로 펼치신 바 있다.

이에 더하여 문학이 미술과 음악의 짝이 되어 예술의 중추가 된다는 사실을 깊이 인식해 온 선생은 문학에서의 왕성한 활동도 빠지지 않았다. 30년 넘게 틈틈이 시작(詩作)을 해온 시인으로서 시집 〈숲의 랩소디〉를 비롯해 〈손톱이라는 창문〉, 〈미치도록 잠이 마렵다〉 등을 출간하여 문단에 새로운 시각을 나누어 주고, 다양한 활동 성과를 전자책으로 선보이기도 했다.

10월 16일부터 29일까지 2주간의 특별전 〈풍경이 있는 랩소디〉는 풍경을 그린 대작(大作)을 비롯한 54개의 작품을 통해, 우리 산천의 풍경(風景)과 고도(古都)의 역사와 지정학적 특수성에 비친, 지극히 아름다운 한반도의 미학(美學)을 화폭에 고스란히 묘사해 놓고 있다. 전시회 첫날인 10월 16일) 오후 2시에 갖는 '오프닝 세레모니'는 선생이 작곡한 작품의 공연과 창작한 시 낭송도 동시에 펼쳐지는 귀한 시간으로 마련되어, 우리 예술계에 활기를 불어넣는 새로운 기폭제가 되리라 확신한다.

강위덕 화백의 〈풍경이 있는 랩소디〉 특별전시회를 찾는 관람객 한 분 한 분이 모두 역동성이 넘치는 선생의 풍경(風景) 속에서 삶의 새로운 영감과 기운을 얻으며 복락(福樂)을 함께 나눌 수 있기를 기대한다.

성곡(聖曲) 독창

작곡 강위덕 〈여호와 나의 피난처시라〉
〈찬양하라 주님께〉

소프라노 이미성

* 독일 Stuttgart 국립음대 최고 연주자 과정 만점(Ausgezeichnung) 졸업
* 독일 Heidelberg 교회 음악학교 성악 전문연주자 과정 졸업
* 독일 Stuttgart 국립음대 독일 가곡과(Liedklasse) 졸업
* 독일 Inge-Pittler 콩쿠르 1위 입상, 유나이티드 문화재단 음악가 공로상 수상
* 독일 Sdwestdeutsche Orchester, 체코 Prager Philharmoniker KSO,
  폴란드 F. Chopin Polnischen Philharmonie 등 다수 유럽 오케스트라와
  오라토리오 교회음악 전문 연주가로 활동.
* 국립합창단, 부산국립국악관현악단, 군산시립교향악단 등에서 Solist로
  초청 협연
* 현재 성악 전문 연주가로 활동 중, 서울예술콘서바토리 강사, 아인 예술기획
  전속 성악가

피아노 김효계

* 추계예술대학교 피아노과 졸업
* 연세대학교 대학원 피아노과 석사 졸업
* 소노레 앙상블 단원, 경기피아체레 앙상블 단원
* 김용배, 한영란, 김명신 사사

시(詩) 낭송

강위덕 〈아, 대한민국〉(B)
〈옆구리〉

장두이 〈본능〉
〈부러지기 쉬운 갈대〉

프로그라마틱 뮤직: <창조 그리고 재창조 (1악장, 2악장) >

작곡 강위덕

창조 그리고 재창조, 프로그라마틱 뮤직 공연의 첫 부분은 이렇게 시작된다. 신의 손끝이 인간으로 무에서 생명이 전달되는 순간, 사람이 됐다.

최초의 퍼포먼스는 신으로부터다. 사람이 소리를 인식하지 못할 때 음악은 이미 있었다. 음악의 분위기에서 창조 사업은 이루어졌다. 미술평론가 김종근 교수는 이렇게 미술가들을 평한다.

'모방, 모방, 그리고 훔친다.'

미술가들의 현 실태를 묘사한 말이다. 그렇다. 모방은 창조의 어머니다. 나는 신의 창조 장면을 모방하여 음악을 시작했고, 나의 음악을 모방하여 그림을 그렸다. 그림이 완성되면 문학을 통하여 그림에 대하여 피드백한다.

바이올린과 춤을 감상하기 전에 먼저 해설을 읽어보라. 그래야 음악의 선율과 춤의 선율을 듣고 보고 그런 다음 음악을 통하여 그려져 나가는 그림을 볼 수 있다. 그리고 전시된 작품을 대할 때 그림이 부여하는 또 다른 사귐을 일구어낸다.

그리고 그림을 향하여 질문해 보라. 그림은 대답을 준비하고 있다. 신의 입 기운이 인간의 코에 생명을 불어 넣는 순간 인형은 비로소 생각하는 갈대로 변신한다. 하와가 주는 선악과를 받아 들고 아담은 얼마나 고민했을까. 인간이 망가져 갈 때 신은 구속의 경륜을 허락하셨다. 십자가의 희생이다. 십자가가 높이 들릴 때 인류 구속의 대가가 지불되었다.

피아노 **이은지**

* 예원학교 졸업, 서울예술고등학교 재학 중 도불
* 프랑스 파리국립고등음악원(CNSM de Paris) 학사, 석사 과정 및 실내악
  과정 만장일치 입학·졸업, 이화여자대학교 박사과정 졸업
* 서울시향, 군산시향, 서초필하모니오케스트라 협연, 금호영아티스트
* 현재 이화여대·충남대 출강, 현대 음악 앙상블 위로·서울 모던 앙상블 단원,
  서초필하모니오케스트라 피아니스트

바이올린 **김유경**

* 예원학교, 서울예술고등학교, 서울대학교 학사과정 우등 졸업
* 프랑스 파리 에꼴노르말음악원, 파리 시립음악원(CRR de Paris) 최고
  연주자과정 졸업
* 프랑스 파리국립고등음악원(CNSM de Paris) 석사 과정, 연주학 박사과정
  졸업
* 성신여자대학교, 전남예술고등학교, 경북예술고등학교 강사 역임
* 현재 부산대학교, 강원대학교, 서울예술고등학교, 덕원예술고등학교,
  예원학교 출강, 현대 음악 앙상블 위로 단원

연출·총괄 안무
이선영

* 선화예술중·고 졸업, 성균관대 무용학과 학사 취득 및 동 대학원
  스포츠과학부 석사 및 박사 취득
* (구)무용과학회 이사, 성균관대 초빙교수 역임, 상명대 무용과. 동덕여대
  음악과. 기독음대 음악과. 용인대 무용과. 명지전문대 실용무용과 강의
* (현)스포츠실용댄스 심사위원, 다수 유명무용 경연 심사위원
* (구)박해련무용학원 부원장, (구)생활요가협회 요가타운 지도교수, MBC
  뽀뽀뽀 요가 명사로 출연
* 데이드림의 작곡(아름다운 사람) 콜라보 공연, 안무·연출·출연 및 다수 공연
  출연
* 1996년 Universal Ballet Company Summer School 1호 장학생 선정
  Washington Kirov Ballet School에서 연수 특전 수상
* CJ 지방 연수 시 소노벨리체 기업 리듬 요가 초대강사

고전무용 박채원

* 중앙대학교 무용학과 수석 졸업, 동 대학원 무용학 석사 졸업, 상명대학교
  대학원 공연예술 경영학 박사 수료
* 국가무형유산 제97호 살풀이춤 전수자, 의정부시 무형유산 제22호
  경기수건춤 전수자, 사)보훈무용예술협회 동두천시지부장
* 전통예술단 원 대표, 박채원무용학원 대표, 경기도 교육정책자문위원회 위원
* 제13회 한중국제무용경연대회 전체대상 대통령상, 제56회
  전국신인무용경연대회 명작무 2위, 제45회 대한민국춘향국악대전 무용부
  대상 문화체육관광부장관상, 제13회 춘향전국무용경연대회 일반부 대상
  국회의장상, 2018 올해의 예술상–신인 전통무용

현대무용 안무·출연
신원민

* 세종대학교 무용학과 학사 및 동 대학원 석사
* 툇마루 무용단 단원
〈수상 경력〉
2012 제3회 코리아국제현대무용콩쿠르 남자 시니어 '금상, 2013 제10회
베를린국제무용콩쿠르 시니어 금상(병역특례), 2020 젊은 안무자 창작공연 '
우수안무가, 2020 padaf '대상', '최우수 작품상', '무대 미술상' 3개 부문
수상, 2020 한국현대무용협회 올해의 무용수 상, 2022 부산국제무용제
AK21 국제안무가 육성 프로젝트 '우수상'

<서해바다>, 현대 음악 취향의 형성

교향곡은 흔히들 재미있다고 한다. 그러나 독주곡, 특히 현대 음악은 즐기기 어렵다는 분들을 종종 본다. 음악 취향의 한계와 인내력, 호불호에 대해 관점의 변모에 대해서는 곡(曲) 속에 이야기가 걸어가는 것으로 대처해 본다. 음악의 장르보다 마음을 움직이는 매력이 있기를 바라는 욕심일 것이다.

피아노의 건반을 통하여 연주되다가 벌떡 자리에서 일어나 바이올린을 연주하듯 피아노 속의 스트링 연주로 바다가 우는 소리를 듣는다면 귀가 번쩍 열릴 것이다. 어떤 때는 천둥 치는 소리, 어떤 때는 바다가 우는 피아노의 연주를 듣노라면 가슴으로 우는 엄마의 소리가 아련히 들리기도 한다.

"저 바다의 우는 소리는 엄마의 가슴이었지."

바다의 우는 소리에서 엄마의 가슴을 드러내는 애절한 현대 음악의 보컬 송. 후끈 온김이 달아오릅니다.

작곡 강위덕
소프라노 이미성
피아노 김효계

안무 **이정희**

* 경기도 무형유산 제64호 경기시나위춤 보존회장
* 경기도 무형유산 제64호 경기시나위춤 예능보유자
* 사)매헌춤보존회 이사장
* 한국 전통춤 협회 부이사장
* 국립한국예술종합학교 전통예술원 무용과 겸임교수
* 이정희무용단 대표

무용   엄아라(이정희무용단 단원), 최아리(이정희무용단 단원)

특별 출연 **정경훈**

[연극 출연]
* 〈로미오 지구 착륙기〉
* 〈하운, 나의 슬픈 반생기〉
* 〈그림자 재판〉
* 〈엄마의 레시피〉
* 〈뷰티풀 라이프〉

특별 출연 **황보다은**

* 2024.09.05~08. 연극 〈마지막 숨표〉, '대한국인 안중근, 비구상'
* 2023.08.15~09.24. 연극 〈엄마의 레시피〉. 공간아울. 주연 役
* 2021.11.04~28. 연극 〈엄마의 레시피〉. 공간아울. 주연 役
* 2016.08.31~09.11. 연극 〈한 번만 봐주세요〉. 키작은소나무극장.
  수정 役

특별 출연 **구경희**

* 2024.09 '마지막 숨표'_장두이레파토리극단
* 2024.07 '찌질 장례식'_ 한 평의 모노드라마
* 2024.05 전시 낭독회 '없는 공간' _자표자기 참여작가
* 2023.03 '종이풍선옥상정원' _ 세륜프로듀스
* 2022.06 '소녀가 잃어버린 것' _ 예술공동체 자갈자갈

<아! 대한~민국>

작곡 강위덕

테너 **이광순**

* 한양대학교 음악대학 성악과, 이태리 G. Verdi 국립음악원 졸업
* 러시아 차이코프스키 국립음악원 마스터 코스
* 이태리 S. Bartolomeo 국제콩쿨 2위, Parma G. Verdi 국제성악콩쿨 특별상, I.A. Corradetti 국제성악콩쿨 특별상 입상
* 모스크바 필하모니 오케스트라, 폴란드 필하모니오케스트라, KBS 오케스트라, 서울시향 등 다수 협연
* 블라딕보스톡 초청 2인 음악회, 한국 오페라 60주년 기념 음악회(예술의전당), 일본(도쿄) 오페라 갈라 콘서트 10여 회 출연
* G. Verdi 서거 100주년 기념 독창회, 일본 MMA 초청 독창회(산토리 홀), 한국 10인의 테너 콘서트(예술의전당), 한·일 우정의 해 40년 기념 빅3 테너 콘서트(도쿄), 빅3 테너 연주(예술의전당) 출연
* 오페라 루치아, 카르멘, 리골렛또, 라보엠, 박쥐, 버터플라이 출연 등 국내외 수백 회 연주 활동.
* 대한민국 공헌 예술 대상, 대한민국 창조 예술 대상, 써밋 CEO 국제문화예술경영 대상
* 현재 국립안동대 교수. 안동오페라단 단장

소프라노 김민순

* 한양대학교 음악대학 성악과 졸업

* 이태리 Academia di Milano Diplom, F. Ogeas Master Corso Diplom

* 보컬 앙상블 콘서트(성남아트센터), 태국 방콕시 초청 오페라 하이라이트 밤, 푸치니의 콘서트, 스페인 듀오 콘서트, 일본 동경 오페라 하아라이트 공연, 일본 MMA 초청 레인보우 2인 콘서트, 아리아스 보컬 앙상블 콘서트, 롯데콘서트홀 그랜드 콘서트(이탈리아성악회) 출연

* 희망 음악회(어울림) 헨델 오라토리오 "메시아" 독창자, 하이든 오라토리오 "천지창조" 독창자, 오페라 쟈니스키키 출연 (아람누리 극장)

* 전문 성악인, .대구경북예술가곡협회 회장, SUNI 아트 컴퍼니 대표

평론

경계를 초월한 예술의 세계

강화석   시인·수필가·전시평론가

경계를 넘나들며 아름다움[美]에 도전하다

강위덕 화백을 종합예술가로 부르는 것이 화가의 정체성을 위해 보탬이 될지, 반대로 누(累)가 될지 적절히 판단하기는 어렵다. 분명 그는 보통의 작가들처럼 한 영역의 예술가로 규정하기에는 다양한 장르의 예술작품으로 세상과 소통하고 있으며, 그를 통해 매우 넓고 깊은 세계를 보여주고 있으므로 이러한 구분에 대해 고려할 만한 충분한 이유가 있는 예술가라고 하겠다. 당연히 활동의 스펙트럼이 넓은 것만으로도 일반적인 범주와 사고의 패러다임을 초월하고 있는 셈이다.

예술가 강위덕은 화가이자 조각가이며, 또한 작곡가로서 다수의 교향곡을 포함한 수많은 곡을 지은 음악가인 동시에 시를 쓰고 시집을 펴낸 문학가이기도 하다. 당연히 다양한 영역의 예술 활동을 해온 그의 삶은 남다른 역정(歷程)과 예사롭지 않은 심연을 가진 예술의 세계를 짐작하게 한다.

강위덕 화백은 국내에서 활동하던 중, 1980년 40대 초반에 홀연 미국 애리조나로 이주하였고, 자신의 예술을 글로벌 무대에서 유연하게 적용하고자 미술대학(College of Art Student League

NYC)에 진학하였다. 나아가 음악을 통해서도 예술적 영감을 표출하기 위해 음악대학(The Julliard School)에서 새삼스럽게 작곡을 공부하는 열정을 보이기도 하였다.

이런 식으로 강 화백은 다양한 예술의 세계를 넘나들며 작품에 몰두하였으며, 그간 그가 표현해 온 작품들은 한편으로 종잡을 수 없을 만치 기존의 틀과 이즘(ism)을 파괴하거나 뛰어넘는 도전의 행보를 보였다고 할 수 있다.

귀국 이후의 성과 서울 2024 특별전시회

강위덕 화백

그런 그가 40년의 이국(異國)에서의 삶을 정리하고 고국으로 돌아와 작업한 작품들을 국내에 전시하고자 한다. 대략 60년을 넘어서는 화력(畵歷)을 지닌 그의 작품들을 모두 볼 수는 없겠지만, 그의 전 생애를 통한 성장과 변화의 흔적이나 결실을 읽을 수 있는 흔치 않은 기회가 될 법하다.

강위덕 화백은 1980년에 미국으로 건너갔고, 2019년 고국에서 작곡발표회를 하기 위해 귀국하기까지 40년의 세월 동안 국내 화단에서의 활동 이력이 없으니, 국내 화단에서는 낯선 예술가로 인식될 만하지만, 또한 상당한 기간 국내 화단의 동향과 동떨어진 환경에서 작업을 지속하였으므로 분명 남다른 화풍과 차별적인 감흥을 유발할 것이라는 기대감도 높다.

강위덕 화백은 산수(傘壽)를 훌쩍 넘긴 노장이다. 그동안 회화작품이든 음악 작품이든 문학의 시 작품이든, 수많은 작품을 통해 대중과 교류하며 영향력을 선사하면서, 형식과 장르에 구애받음이 없이 자유분방하게 자신의 정신과 사상을 전달하여 예술가로서 인상적인 이미지와 위치를 구축해 왔다고 할 수 있다.

세상을 바라보는 시선의 변화

강위덕 화백의 작품들은 하나의 매듭으로 논하기는 어렵다. 말하자면 그의 작품들은 특정의 원형(原形)에 집중하거나 넓은 범주를 감안(勘案)하여 살펴본다고 한들 일정한 틀과 형식으로 정리하여 바라보기가 난망(難望)할 뿐이다. 이에 대해서는 그의 세계관, 또는 우주관에 관련이 있을 듯싶다.

(전략)//산이었다가 바다였다가/대지의 이 끝과 저 끝/우주가 허리를 구부렸다가 폈다가 하는 것 같다//(중략)//내 몸에 유성우가 떨어진다(강위덕의 시, 「우주론」)

강위덕 화백의 시(詩) 「우주론」은 그의 사상과 정신을 반영한 듯 그의 예술관의 바탕을 짐작하게 한다. 그가 바라보는 시야는 넓고 깊다고 할 수 있으며, 그가 발견하려는 지혜와 근원은 우주에 닿아 있으니, 쉽사리 어느 곳에 머물러 정착하거나 천착하기 어려울 것이라는 생각을 가지게 한다.

미국 정착 초기에 그는 사회에 관심을 기울이거나, 인정적(人情的)이면서 참여적 메시지를 담은 사실주의적 화풍의 그림을 그렸다. 작품 〈애리조나 노숙자〉는 도시의 노숙자를 사실적으로 관찰하여 묘사하고 있지만, 화면의 좌상단(左上段) 부분을 흐릿하게 처리하여 전체적으로 불안정한 상태가 느껴지도록 함으로써 노숙자의 불안하고 고단한 삶을 표현하고 있다.

다시 말해 화면의 좌측 배경과 대비하여 우측의 건물 등은 선명하게 채색함으로써 불안정 구도로 설정하고, 고통을 호소하는 듯한 남성의 표정과 무거워 보이는 짐, 그리고 동반하는 개는 시선을 외

면하고 있는 모습을 작품 안에 그려 넣었다. 남성을 둘러싼 배경의 현격한 대비와 버거워 보이는 초라한 짐을 둘러맨 남성을 사실적으로 그려낸 작품을 통해 사회를 관통하는 시대적 감성을 표출하고 있는 참여적 경향을 읽어낼 수 있는 작품이라 할 수 있다.

그러나 이후에는 사실주의의 건조한(Dry) 실재(實在)보다는 자연주의적인 감성에 이끌리고 있는 변화를 내보이고 있다. 이것은 강 화백이 자연 본연의 깊이와 실체를 탐구하려는 과학적이며 구도적(求道的)인 자세를 견지하려 하면서 인간을 관심하기 이전에 신의 존재와 신이 창조한 자연으로 눈길을 돌리는 '자신의 길'을 정립하려고 시도한다는 생각에 이르게 한다.

강 화백은 자연에 대한 관찰을 통해 자연의 목가적인 이미지와 자연의 아름다움을 발견하려는 노력을 기울이면서, 자연에 대한 깊은 안목과 선(善)한 동경을 표현하려 애쓰고 있다. 사소한 대상조차도 놓치지 않으려 하며, 또한 순간에 스쳐 지나가는 감정마저 소홀히 하지 않으려 한다. 그는 깊이 있게 관찰하며 그려내고, 그러면서 가까이에 배치된 사물은 흐릿하게 처리할지언정 전체적으로 조화를 고려하면서 프레임(Frame) 안의 대상들을 살려낸다.

이를테면 소실점을 따라 대상이 사라지거나 흐릿하게 처리되어야 하지만, 멀리 배치된 대상의 실체를 비교적 선명하게 그려내면서, 눈앞에 흐르는 시내는 흐릿하게 처리하는 기법은 작품 전체 구도에서의 균형을 고려한 것이란 생각이 들며, 멀고 작은 대상조차 소홀히 하지 않는 그의 자연에 대한 인자하고 자상한 경건함을 드러내는 것이라 할 수 있다.

이것이 강위덕 화백의 풍경화가 다른 화가들의 그림과 차별화되는 느낌을 주는 이유이다. 그는 마음의 눈으로 자기 세계 속의 경치를 재현해 내고자 하는데, 자연을 그대로 옮겨오며 자연을 창조한 조물주의 선물을 뚜렷이 부각하고자 하는 의도가 아닌가 생각하게 한다. 이처럼 그의 〈풍경화〉에는 은근하지만 '무언가' 숨어 있는 듯하다. 따라서 관람자들이 이를 발견하고 교감하기 위해서는 잠시 작품 앞에 멈춰 서서, 그리고 조금은 떨어지거나 가깝게 다가가서 작품 속의 숨어 있는 스토리(story)를 찾아보려는 심사로 관람할 필요가 있다.

미의 완성을 위해 지향하는 기법

기본적으로 강위덕 화백은 극사실주의 기법으로 작품을 완성하고 있다. 그의 작품들 가운데 주요 작품들은 이 기법으로 그려냈는데, 특히 그가 사용한 "엠페스토 기법"은 이런 부분을 강조하려는 듯 의도적으로 작업하여 사실감을 더해주고 있다. 또한 사실에 가까운 대상을 화폭에 담기 위해 작품의 크기도 키울 뿐 아니라, 어느 경우에 소나무 줄기를 그대로 가져와 껍질을 얇게 분리하여 캔버스에 그 껍질을 고정한 후 실제 소나무를 통째로 가져온 듯 그리기도 하니, 강 작가는 단지 물감과 붓으로 대상을 시각화하는 작업으로 끝내지 않고, 자연 그 자체를 현실에서 일부 살려내듯 재현하고자 한다. 따라서 그를 작법 상으로 하이퍼-리얼리즘(hyper_realism)이라 분류하여 규정하려 하기보다는 현실과 자연의 일체화를 지향하려는 실험정신이 강한 자연주의자라고 하는 편이 맞을 수도 있을 것이다.

그가 12년의 세월을 들여 완성한 작품 〈조용한 아침의 나라에서 행복합니다〉는 미국에 거주하면서 설악산의 '장엄한 아름다움'을

그려낸 작품이다. 유화로 그렸으나, 문인(文人) 산수화(山水畵)의 기법을 연상시킨다. 설악산의 웅대한 모습을 담아내고자 인간의 비현실적 시점인 조감(鳥瞰)의 투시로 바라본 설악산의 경치이다. 이 작품의 경우는 과거 남종 문인화가들이 실제로 실경(實景)을 관찰한 후 자기 내면에서 정리한 내경(內景)을 화폭에 재현하듯, 극사실주의적으로 그려낸 작품으로 150호 이상은 되어 보이는 대작이다.

수묵산수화와 유사하게 전경, 중경, 후경으로 구분하며 중경의 암산이 웅장하게 부각(浮刻)되어 있는데, 화폭의 3분의 1가량은 구름을 그려 넣음으로써 바위의 강한 이미지를 구름의 부드러움으로 감싸면서 신비로움을 살려내고자 하였다. 전체적으로 산세가 거대하고 위엄이 있으므로 근경의 바위와 소나무가 상대적으로 왜소해 보이기까지 하여 전체적인 균형감이 흐트러진 듯 여겨지지만, 중경에 그려 넣은 구름은 후경의 산세와 전경의 암산 및 나무와 조화를 이루며 강한 풍격(風格)을 드러내 주고 있다. 따라서 서양화의 도구인 유화와 전통 수묵산수화 기법을 결합한 한국화의 정수(精髓)를 보여주는 특별한 유화(油畵) 작품이라 할 만하다.

〈꺾인 소나무 2〉, 〈백파〉 등은 극사실주의 기법으로 세밀하고 정교하게 그려낸 작품이다. 줄기의 윗부분이 꺾여 잘려 나간 소나무를 접사(接寫, Close-up)하여 그려내니, 대부분의 다른 작품들과는 다르게 전체를 보던 시선이 갑자기 현미경을 들이대듯 좁혀지게 된다. 이 작품은 대체로 강위덕 화백의 내면을 관통하는 보편적 정서를 건너뛴 다소 파격적인 발상의 의도를 보여주고 있다.

다시 말해 살아있는 자연의 특정 부분을 절단하거나 해체함으로써 과감한 단절을 보여주는 작업이다. 이런 갑작스러운 방식은 익숙한 흐름을 순간적으로 뒤집음으로써 '사고(事故)'를 유발할 만한 역발상의 시점(視點)이다. 이렇게 대상에 대한 시점의 파격을 통하여 강위덕은 관찰자들로 하여금 긴장을 놓지 않게 하려는 듯, 자신이 주도하는 흐름을 견지한다.

말하자면 그는 어느 한 곳에 고정하는 것을 원하지 않는데, 대상으로부터 다양하고 자유로운 시선과 관찰을 통하여 자기만의 메시지를 찾아 정립하고자 하는 의도를 드러내고 있다고 하겠다.

그러나 이것은 그가 추구하는 풍경화가 사실주의나 목가적인 자연주의적 관점으로 그린 그간의 작품들과는 다른 시도인데, 이유는 무엇일까? 혹 그에게 갑작스러운 '허무주의적' 동요가 발생하게 된 동인(動因)이 있었던 것일까? 그가 지향하는 신의 경지에 다가가려는 태도와 정신에 '부분적으로' 비합리적인 반전이 작동한 까닭은 무엇일까?

따라서 그가 그린 자연(풍경화)의 일부를 확대하여 관찰하게 된 이유는 그간의 정상적인 원근법이 일상적이고 합리적인 발상에 의한 것이라면, 확대된 일부를 통해 전체의 인상이나 본질을 찾으려는 일상의 시점에서 벗어나 보려는 '비합리적 체험'을 통해 실존적 시각에서의 "특수한 체험"이라는 '탈(脫) 일상성'을 시도한 것이라는 판단을 해볼 수 있을 것이다(Herbert Read, 『The Philosophy of Modern Art』, 박용숙 글 참조).

노마드 기질의 예술혼

강위덕 화백의 예술적 성향을 한 마디로 규정하기는 어렵겠지만, 특정 화풍에 얽매이거나, 예술영역의 경계에 구속되지 않은 삶의 방식을 두고 볼 때 '질 들뢰즈(Gilles Deleuze)'가 철학적 의미를

강위덕 화백 작업실

부여한 '노마드(nomad)'에 가깝다고 해야 할 것이다.

그는 화가로서의 기반을 잡아갈 즈음에 미국으로 활동 공간을 이동한 이후, 새로운 미술을 접하면서 자신의 창조적 역량을 심화하였고, 이어서 음악을 공부하면서 단지 수단에 제한받지 않으면서 예술가로서의 표현의 범주를 확장하고자 하였다. 또한 자기의 잠재력과 창의적 역동성을 다양한 방식으로 발현하며 내면 깊숙이 예술적 성취를 경험하며 40여 년의 세월을 보냈다.

그러는 사이 작곡가로서, 조각가로서, 시인으로서, 화가로서 자신의 정체성을 융합적으로 정립하는 삶을 살았다. 그에게 특정의 경계로 묶어 개념을 부여하는 것은 적절하지 않아 보인다. 그는 자신의 정신과 사상을 내면에 담아두기보다는 이를 예술작품으로 표현하려 하면서 어느 지점이나 영역에 머무르지 않고 계속 변화하고 혁신하고자 하는 노력을 기울여 왔다. 또한 하나의 고정된 자아에 머물지 않고 끊임없이 변화하고자 하는 그의 '창조적 사유', 또는 '유목적(nomadic) 사유'는 그를 예술적 창작을 위한 자유로운 Nomad의 원천이기도 한 것이다.

필자는 강위덕 화백 작품들에서의 '감동적 인상'이 다른 작가들의 작품들에서는 느껴보지 못한 차이가 있다는 사실을 확인할 수 있었다. 그것은 그저 감흥(感興)의 인상에 불과한 것이 아니라고 느꼈는데, 그의 작품들에는 다양성과 확장성을 하나로 관통하는 줄기가 있는 듯이 여겨졌다. 그것은 무엇인가?

기본적으로 예술을 대하는 태도가 시대와 환경에 따라 변화와 차이가 있을망정, 한 작가에게서 발견할 수 있는 다양성과 복잡성이 어느 정도는 시간의 흐름을 두고 일정한 차이를 보이며 혼재(混在)한다고 생각하게 한다. 이는 여전히 진행형이라는 인상을 주고 있는데, 현재에 이루어지는 작품들의 내용이나 표현 양식에서 오히려 과거보다 더 강렬하게 요동하고 있는 것으로 미루어봐서 강 화백은 지금도 변화의 과정에서 스스로 에너지를 분출하는 중인가 싶었다.

이미 과거에 완성한 작품들에서 보여준 큰 틀의 관점이 곧 세계관 자연관 인생관을 포용하고 있다면, 그리고 이것은 예술가로서의 현존하는 예술 사조를 통해 표현되고 그 Frame을 피할 수 없다는 생각을 해볼 수 있다면, 강위덕 화백은 여전히 자신의 창작 세계를 추구하기 위해 실험적인 태도와 열린 사고로 변화를 멈추지 않으며 진화 중이라는 심증을 굳히게 한다.

강위덕 화백은 회화, 조각, 음악, 문학 등 예술 활동만 전천후(全天候) 전방위(全方位)일 뿐 아니라, 화법(畵法)조차도 사실주의, 자연주의, 극사실주의, 인상주의, 추상화 등 종잡을 수 없을 정도로 다양하게 확장하여 표현한다. 따라서 그를 특정 유목(category)으로 구분하거나 규정하기는 곤란하거나 의미가 없어 보인다.

그는 경계를 나눌 수 있어도 경계를 뛰어넘는 무경계의 예술을 하고 있다고 해야 할 것이다. 또한 이를 실험적이라고 할 수도 없는 까닭은 실험이란 비정형의 완성을 목표로 삼는 과정의 시도라고 한다면, 강위덕은 이미 자신의 정형화된 예술세계의 한 부분으로서의 다양성을 다루고 있다고 해야 할 것이기 때문이다.

그는 시대를 넘나들고, 시대와 공존하며, 변화와 진화를 추구하되 시간과 순서의 시점조차 뒤섞어 놓고 있으니, 그에겐 일정한 패러다임이나 단계별 절차조차 의식하지 않은 채 거대한 통섭의 조화를 추구할 뿐이라고 할 수 있을 것이다.

여유 있는 아름다움

石雲 이경성   미술평론가

화가는 삶을 보는 눈이 깊고 건강해야 한다. 꽃의 아름다움이나 그 것의 추함 속에서 동시의 삶의 깊숙한 희로애락(喜怒哀樂)을 표현할 수 있어야 한다. 그러므로 창조자에로의 철저한 눈과 우주의 모든 형상을 정확하게 관찰하고, 공간과 실체를 표출하는 정신적 바탕을 소지해야 한다.

화가 강위덕의 그림 속에는 그가 겪어온 슬픔과 번민과 분노가 맑은 담채화 속에 드리워지고 있다. 그는 깎아내고 파헤치고 삶의 원시적(原始的)인 아픔, 근원적인 아름다움까지라도 철저하게 파악하려고 한다. 세파에 깎인 돌멩이 하나에서도 삶에 얼룩진 흔적들을 놓치지 않으며 아무리 추한 물체 속에서도 깊숙이 감추어진 미의 본질을 찾아낸다.

수채화에서 감필법(減筆法)을 쓰는 것처럼 동양화는 최대의 신선미(新鮮美)를 살리기 위해 원터치로 형상화하기 때문에 양(量), 질(質), 미(美)의 감각을 충분히 메꿀 수 없다. 그러나 강위덕의 동양화는 날카로울 만큼 신선하면서도 그 폭이 두껍다. 그는 담채를 주로 하면서도 유화처럼 구축적(構築的)로 오래 걸려 완성하며 그 두터운 구름의 깊이에도 화이트를 일체 배제한다.

화가 강위덕은 대부분의 동양화가와 같이 순간적으로 화면을 처리하는 것이 아니고 유화처럼 논리적이고 구축적인 방법을 쓰고 있다. 화면을 구성할 때 미리 치밀한 계산으로 공간을 살려 놓는다. 그것은 비행기를 탈 때 구름 낀 날을 즐겨 선택하는 것과 같다. 의식적이면서도 무의식적으로 가장 계산적이면서도 자연적이다. 비행기의 창문으로 내려다보이는 구름의 운집이 일체의 불안감을 없애주는 여유 있는 아름다움과 같은 하이라이트를 표출한다. 구름을 보는 눈은 마냥 아름답고 매혹적이며 더욱이 밑에서 쳐다보는 구름보다 위에서 아래로 내려다보는 구름은 더욱더 그 미를 더해주고 있다. 앞으로도 계속 구름을 공부하겠다는 그는 어떤 구름에로의 형상을 가져올지 자못 기대해 볼만하다. 백파 강위덕의 작가 생활에 광명을 빈다.

* 1980년 1월 9일~19일 세종문화회관에서 열렸던 동양화 개인전 자료집에 실렸던 평론입니다.~주(註) 2칸 들여쓰기 10포인트 고딕으로 진하게 처리 .

하얀 창조

이병희   한양대학교 총장

백파(白波) 강위덕(姜渭德) 화백의 작품作品은 비단결 같이 곱고 칼날같이 날카롭다.

그의 작품을 접할 때 누구고 한결같이 피부에 와 부딪히는 여운이 있다. 그리고 섬세하면서도 강한 선은 마냥 가슴을 부풀게 하는 바다와도 같다. 잔잔한 바다에는 마치 순풍에 돛을 단 평화로움이 깃들고 그리고 돌풍처럼 휘몰아치는 폭풍이 올 때 바다는 끝없이 스스로를 부서트린다. 강위덕 화백의 아호 백파가 말해주듯 물결이 파도를 이루고 아무것에의 제재도 아랑곳 않고 부닥치고 부서지고 그리고 하얀 창조를 이루어간다.

이것이 백파 강위덕 화백의 성격이며 아호이고 작품이리라. 담채를 주도한 색채의 바탕에는 묵기가 깔려 있다.

지나치게 섬세한 준법은 화폭 속에 담겨진 돌 한 개라도 예리한 관찰과 부드러운 표현이 드리워져 있다.

전반적으로 보아 구름의 표현에서 목적을 이루고 괴석 괴목의 산세 물세에서 그 열매를 거두고 있다.

전시회를 갖는 그의 적극적인 노력에는 창창한 미래와 화가 생활에 대한 밝은 전망을 엿볼 수 있다.

* 1980년 1월 9일~19일 세종문화회관에서 열렸던 동양화 개인전 자료집에 실렸던 평론입니다. 직함은 당시의 직함입니다.

전시 작품

조각상(statue): 최초의 여인(first woman)

높이 80 x 56 x 33cm

산의 능선처럼 부드러운 곡선과 풍만함, 손을 대면 따스한 체온이 전해질 것 같은 여인상, 생명의 근원이 되는 고향과 같은 여신상은 새로움에 대한 갈망으로 만져보고 싶은 충동을 느낀다. 누구나 만져도 되는 작품이다.

The soft curves and voluptuousness of a mountain ridge, the female body that seems to convey warm body heat when touched, and the goddess statue that is like home and the source of life make one feel the urge to touch it out of a thirst for newness. It is a sculpture work that anyone can touch.

'허물다'의 미학(The aesthetics of tearing down)

캔버스 위에 유화(oil painting on canvas) 155 x 105cm

연못 하나 싸질러놓고 그로부터 시냇물의 발원지가 된다.

졸졸졸 소리의 꽁무니를 따라가 보니

시냇물 소리가 사람의 소리다

자갈에 부딪히고, 들풀에 부딪힐 때 노래를 한다.

목쉰 바람 소리가

어느 강여울을 지나 바다에 이르러

부루루

쌓이거나 짜이거나 지어져 있는 것을

헐어 무너지게 하니 그제사

한 세계의 하역장이 완료된다.

파궤는 건설이니까

———

Build a pond and it becomes the source of a stream.

rippling

I followed the tail of the sound

The sound of a stream is the sound of people

It sings when it hits the pebbles and the wild grass.

The sound of the hoarse wind

After passing through a river shallows, I reached the sea.

Bururu

Destroys and causes things that have been piled up,

woven, or built to collapse.

A world's loading dock is completed.

Because tearing down is construction

회고(retrospect)

특별한 바도 없고, 별반 다르지 않은 일상에서
설렘으로 시작했던 예술 생활도
똑같은 시간이 주어진다.
아, 내 나이 벌써 85살이라니….

The artistic life that started with excitement in everyday life, which is nothing special and not much different, is given the same amount of time. Oh, I'm already 85.

애리조나의 노숙자(Arizona's homeless)

캔버스 위에 유화(oil painting on canvas) 1.01 x 1,01cm

고장 난 가로등처럼 길 모서리에 사내가 서 있다.
그 어깨엔 사막을 건너온 바람 냄새가 난다.
잃은 개 찾는 광고처럼 그의 가슴엔 전단지가 붙어 있다:
homeless hungry help
지나던 여인이 물 한 병을 건네자,
그 사내는 마개를 따서 꿀꺽꿀꺽 두어 모금 마시더니
머리 꼭대기에 대고 물을 쏟는다.
메말랐던 온몸의 지느러미에 물의 감촉이 흐른다.
그는 지금 바닷속으로 다이빙하고 있다.
꼬리지느러미를 활발히 흔들며 언어(言語) 이전으로 헤엄친다.
흐늘거리는 랜덤 함수가 궤도를 이탈한다.
일으켜 세울 수 없는 뿌리 약한 숨소리가
수식이 필요 없는 〈무〉의 소멸과 맞닿아 있다.

———

A man stands on the edge of the road like a broken street
lamp. His shoulders smell like the wind that came across
the desert. Like an advertisement for a lost dog, there is a
leaflet attached to his chest: homeless hungry help
When a woman passing by offers her a bottle of water,
the man uncorks it, takes a couple of sips, and pours the
water onto the top of his head. The feeling of water flowing
through the fins of my dry body. He is now diving into
the sea, actively waving his tail fin and swimming before
language. A flowing random function goes off track. The
sound of weak breathing that cannot be raised is in contact
with the disappearance of 〈nothingness〉 that needs no
modification.

남자 누드(male nude)

여자 기호는 101, 남자 기호는 111이다.
저 극치의 다리를 보라!
진실은 보기가 어렵기 때문에 실수하는 것은 아니다.
[러시아의 문호 솔제니친이 갈(喝)하다.]

———

The female symbol is 101, and the male symbol is 111.
Look at those ultimate legs!
We do not err because the truth is difficult to see.
[Russian writer Solzhenitsyn exclaims.]

드로우잉 페이퍼 위에 목탄(Charcoal on drawing paper) 20 x 30cm

그랜드캐년(Grand Canyon)

캔버스 위에 유화(oil painting on canvas) 296 x 140cm

곧은 절벽처럼 깎아내는 말발굽 소리가 꽃잎을 흔든다
덩달아 흔들린 꽃잎은 마구잡이로 마음을 흔든다
말발굽에 꼬인 땅의 살갗이 번득번득
색조를 창출하듯 흙냄새 피우며 튀어 오르는
먼지의 섬광이 들풀의 흰 뿌리와 함께 곡예를 한다
밤 맞도록 소낙비가 포연되고 있을 때
바람을 감은 미래의 꿈이 소낙비에 꼬인다
배냇짓 하는 저 끝도 없는 꿈,
그리 좋은 것도 아니면서
슬프도록, 그리 말고는 달리 어쩔 수 없었던
꿈이 아직도 여기서 아프다

————

The sound of horse hooves cracking like a straight cliff shakes the flower petals.
The shaking petals randomly shake my heart.
The skin of the ground twisted by the horse's feet sparkles.
As if creating a color tone, the flash of dust that bounces around with the smell of earth plays acrobatics with the white roots of wild grass. When a shower of rain is spreading all night long, the dream of the future wrapped in the wind is twisted by the rain. That endless dream that flutters, scratches.

미로(maze)

캔버스 위에 유화(oil painting on canvas) 210 x 120cm

미로, 재귀 미로, 이 미로의 탈출 조건이 되는 것은 내가 해야 할 나의 불가능의 가능성이다. 자신이 속해 있는 거대한 영역을 탐색하는 행위이다. 〈things〉는 마음을 담는 올록볼록하고 알록달록한 메타버스의 한계점, 여기에 알고리즘이 끼어든다.

지구 위에 또 다른 지구가 있다. 메타버스의 세계다. 보이지는 않으나 여기에서 인류는 숨 쉬고 느끼고 전하고 소통하며 살아간다. 페이스북, 트위터, 인스타그램 등 문명화된 인류는 이것 없이 살아갈 수 없는 사이버 세계다.

A maze, a recursive maze, the condition for escaping from this maze is the possibility of my impossibility that I must do. It is an act of exploring the huge area in which one belongs. 〈things〉 is a limitation of the convex and colorful metaverse that contains the heart, and this is where the algorithm comes into play.

There is another Earth above the Earth. It is the world of the metaverse. Although it is not visible, humanity lives here, breathing, feeling, conveying, and communicating. Facebook, Twitter, Instagram, etc. are a cyber world that civilized mankind cannot live without.

크리에이션(creation)

캔버스 위에 유화(oil painting on canvas) 77 x 45cm

회화 예술에는 소리가 들리지 않아도 귀르가즘은 있다.

———

In the art of painting, even when there is no sound. there
is ASMR.

어둠 속의 랩소디(Rhapsody in the Dark)

언어가 짓는 집은 어둠 속에 있다.
아주 오래된 침묵이다.
침묵은 무슨 긁힌 흔적처럼 쬐끄맣다.
그러나 언어의 짓는 집은
천지간의 우레보다 소리가 더 크다.

The house where language is built is in the dark. It's a very old silence. The silence was as faint as a scratch. However, the house built by language is louder than the thunder between heaven and earth.

캔버스 위에 유화(oil painting on canvas) 95 x 70cm

트레몰로 위에 떠도는 마음 經(Heart floating on tremolo)

캔버스 위에 유화(oil painting on canvas) 58 x 50cm

파도 소리가 세차다.
파동에너지가 인류와 소통한다.
사람도 각자 고유한 소리를 내며
떨림의 생체 에너지를 발산한다.
감정의 기복, 생체리듬, 정신적 내면의 떨림,
트레몰로의 흐름 위에 사람이 걸어간다.

———

The sound of the waves is strong. Wave energy communicates with humanity. Each person makes his or her own unique sound and radiates the biological energy of trembling. People walk on the ups and downs of emotions, biorhythms, inner mental tremors, and the flow of tremolo.

폭설, 저 거대한 책을 보라(Snowfall, look at that huge book)

캔버스 위에 유화(oil painting on canvas) 140 x 60cm

이름 모를 강줄기(An unknown river)

캔버스 위에 유화(oil painting on canvas) 45 x 37cm

70년 전의 인물화(Portrait painting from 70 years ago)

캔버스 위에 유화(oil painting on canvas) 65 x 36cm

당시 초등학교 5학년 학생,
지금은 팔순이 넘은 고령이 되었을 거야.

———

He was a 5th grade elementary school student at the time,
and would now be over 80 years old.

조용한 아침의 나라(The land of morning calm)

캔버스 위에 유화(oil painting on canvas) 200 x 130cm

해바라기(sunflower)

캔버스 위에 유화(oil painting on canvas) 44 x 50cm

범람(flood)

캔버스 위에 유화(oil painting on canvas) 45 x 30cm

빨간 집(Red house)

캔버스 위에 유화(oil painting on canvas) 32 x 41cm

삶과 예술

미술 음악 문학의 삼각 예술에 대한 탄젠트 함수

\

먼저 2022년 5월에 출간했던 시집 『손톱이라는 창문』에 썼던 '작가의 말'을 그대로 옮겨오기로 한다.

비빔밥 예술론

혹시 '비빔밥 예술'이라는 말을 들어보셨나요? 저는 비빔밥 예술가입니다. 폭발의 미학, 전통, 전위, 그리고 보는 것의 겹침 층이 지금 저의 비빔밥 예술에 향기와 맛을 일구고 있는 중입니다. 불현듯 슬픈 가락이 구름에 걸리듯 전통 미술에 전위적 논리가 겹쳐지고 그 위에 동양과 서양의 이분법이 가슴을 열고 마우스를 댔다가 윈도우를 닫았습니다. 그 이유는 '쉬지 않고 움직인다. 고로 존재한다.'라는 철학적 이념 때문이었습니다. 모양도 색깔도 없는 빈 그릇의 철학에는 맥박이 선연합니다. 이것이 나이 예술 생활에 살아 숨 쉬는 에토스의 창작입니다.

나는 이렇게 질문을 드려보고 싶었습니다. 나의 말, 나의 그림, 나의 노래가 잘 들리시나요? 민감한 것은 피부가 아니라 의식입니다. 줄리아드음대에서 7년간 작곡 공부를 한 이래 첵 리퍼블릭, 폴랜드, 뉴욕 카네기홀 등에서 가졌던 10여 차례의 대형 음악회는 고국에서의 예술의전당 콘서트홀 음악회를 위한 예행연습이었습니다. 고국에서의 맛깔 있는 작곡 발표회가 나의 꿈이었으니까요.

여러 해 전 한국 대표 시인의 공동지집을 낸다고 하여 나도 몇 점의 시를 낸

적이 있는데, 그중의 하나가 「제로의 두께」입니다. 그런데 50여 명의 시인 중에서 나의 시 제목이 책의 제목으로 선정되었습니다. 하늘과 땅 맞닿는 곳에는 분명 선이 그어져 있는데 그 선은 선이 아니라 하늘과 땅이 맞닿아 있을 뿐이라는 것이 「제로의 두께」의 내용이었습니다.

나의 이력에는 세 가지가 겹쳐져 있습니다. 음악과 미술과 시문학입니다. 성경(계 1:3)에는 이 세 가지를 해야 복을 받는다고 기록되어 있습니다. 읽는 자-문학, 듣는 자-음악, 기록한 자-미술(헬라어 원문에는 그림이라고 되어 있음)이 그것입니다.

이 세 가지의 공통점은 보는 것입니다. 읽어보고 들어보고 그려보는 것입니다. HD4K 캔버스에 노래가 걸어가고 이야기가 걸어갑니다. 이것이 나의 비빔밥 예술입니다. "나의 그림이, 나의 음악이, 나의 문학이 걸어갑니다." 그리 말고는 달리 표현할 길이 없습니다.

어쩔 수 없는, 저 끝없는 그리움에 저는 서울 '예술의전당' 앞마당에 겸손히 무릎을 꿇고 흙에 입 맞추며 인사를 올렸습니다.

저는 미국으로 이민 간 지 40년 만에 고국으로 돌아왔습니다. '나의 그림을 표절하여 작곡한 나의 음악세계'는 보이지 않는 힘의 실체를 시각화하는 작업, 그림을 그릴 때는 추상화를 그리지만 완성하면 하이퍼 리얼리즘이 됩니다. 캔버스 위에 임파스토(impasto) 재료를 써서 입체를 살립니다.

자연을 보고 그림을 그리는 것이 아니라 〈비발디의 사계〉를 표절하여 그림을 그리다가 베토벤의 〈운명〉을 보고 그림을 그리기도 합니다. 특히 임파스토 화법(impasto technique)은 나의 특성을 나타내 보이는 나의 독특한 화법입니다. 작곡이 끝나면 그림도 함께 탄생합니다. 그뿐만 아니라 시작(詩作)도 동시에 이루어집니다. 똑같은 영감입니다. 나의 그림이, 나의 음악이, 나의 문학이 세계를 읽고 있습니다.

표현하는 인간 Homo Artex

'詩로 쓴 그림'이라는 부제를 붙여 출간한 시집 『손톱이라는 창문』에는 '멀티 아티스트의 시로 풀어내는 그림 같은 시집'이라는 설명도 함께 쓰여 있습니다. 이 시집의 '작가의 말'을 원문 그대로 인용한 까닭은 여기서 이야기한 '비빔밥 예술가'가 서두에 거론한 '표현하는 인간 Homo Artes'의 가장 한국적인 표현이라는 생각이 들었기 때문입니다. 따라서 '비빔밥 예술'에 대한 나의 생각은 이제 「함께」라는 자부심과 자신감을 더하여 "나의 그림이, 나의 음악이, 나의 문학이 「함께」 걸어갑니다."라는 차원으로 진일보했다는 사실을 2024년 서울 특별전시회 '풍경이 있는 랩소디'에서 선보일 수 있을 것입니다.

미술과 음악의 직각삼각형과 탄젠트 삼각함수

각도에 대한 삼각함수인 탄젠트는 직각삼각형의 변의 비로 정의되기도 하고 좌표평면 위의 원에서 얻어지는 선분의 길이로 정의되기도 한다. 직각삼각형에서 예각에 대한 탄젠트는 주어진 각의 인접 변의 길이에 대한 대변의 길이 비율로 정의한다. 탄젠트는 삼각형의 연구뿐만 아니라 소리나 빛의 파동

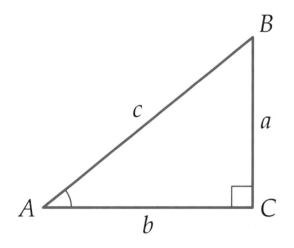

과 같은 다양한 주기적 현상을 설명하는 데 이용되는 개념인데, 여기서는 예술의 세 중추 영역인 미술과 음악과 문학의 상호관계를 설명하기 위한 개념으로 인용한다.

미술, 음악, 문학이라는 예술의 삼각함수를 탄젠트로 풀어본다. 내 삶의 바탕은 삼각형의 밑변인 미술이다. 밑변에서 직각(90도)으로 하늘을 향하여 치솟아 오르는 미술 성(높이)이 탄젠트 함수이다.

오른쪽에 하늘로 치솟은 큰 나무가 있다고 가정해 보자. 나무가 높아 그 높이를 재기 어려울 때 탄젠트 함수로 계산한다. 이때 나무의 꼭대기에서 시작한 빗변(c)이 밑변(b)과 맞닿는 부분을 찾아낼 때까지 왼쪽 끝 방향으로 나아간다. 그리고 22.5도 각도로 오른쪽 나무의 수직 높이와 맞닿을 때까지 밑변의 왼쪽 끝 방향으로 진행한다. 빗변의 끝이 사인 점(오른쪽 나무의 꼭대기)에 도달하여 오른쪽 끝 꼭짓점과 맞닿을 때 평지의 밑변 길이를 재면 그 길이가 나무의 높이다. 이 공식은 삼각함수의 미분 공식으로 왼쪽 끝과 오른쪽 끝, 함수의 값은 같다. 다시 말해 빗변의 끝부분과 오른쪽 나무 높이의 끝부분이 맞닿은 점이 함수의 값이다. 이때 바닥의 밑변 길이를 재면 그 길이가 나무의 높이와 같다.

이처럼 삼각함수의 미분 유도 과정을 통해서 예술의 값을 올린다. 꾸준한 노력이 필요하다. 밑변의 왼쪽 끝(코사인)과 오른쪽 끝의 길이가 늘어갈수록 미술의 진가(眞價), 참된 값은 올라간다. 왼쪽 끝은 문학에 해당하고, 오른쪽 끝은 미술이다. 밑변과 빗변의 각도는 22.5도이다. 오른쪽 끝의 수직 높이(사인)가 올라갈수록 꼭대기 사인 점에서는 저절로 노랫소리가 난다. 음악과 문학은 공동 작용으로 미술의 진가를 위하여 작동한다.

예술로서의 그림은 두 개의 파트너가 있다. 문학과 음악이다. 이 두 장르의 예술이 그림의 성장을 위하여 집중한다. 두 파트너의 실력은 대단하다. 작곡 발표회를 할 때는 미술보다 월등히 낫다고 생각한다. 문학을 할 때는 문학이 작곡이나 미술보다 훨씬 우월하다고 생각한다. 그러나 나의 경우에는 미술의 두 파트너가 우월하게 보인다고 할지라도 결국 양자는 미술의 발전을 도모하기 위해서만 존재한다. 두 장르가 존재하는 이유는 미술에 의해 주어진다. 소가 아무리 건실하고 밭을 잘 갈아도 소의 존재 목적은 사람에 의해 주어지는 원리와 같다.

최민식 주연의 흥미진진한 영화 〈이상한 나라의 수학자〉에서 보듯이 수학을 포기한 학생(수포자)에게 수학의 원리를 가르쳐주는 주인공 같은 전문가라도 미술은 미술 자체만으로 성장하기는 어렵고, 세 장르를 동시에 아우르는 종합예술가가 필요하다는 사실과 성취의 가능성을 설명해 주면 어떨지 생각해 보기도 한다.

'점' 하나 찍어 놓은 그림이 10억이 넘는 까닭은 무엇인가?

커다란 캔버스 위에 찍힌 '점' 하나에는 음악과 문학이 있기 때문이다. 사전적 의미로는 점은 점일 뿐이다. 그러나 그 이상 점에 대한 설명을 요구한다면, 그때부터 철학이 나오게 마련이다. 우리의 육안(肉眼)으로는 그냥 있는 '점' 같아도 그 '점'은 그냥 있는 '점'이 아니다. 수없이 움직이고 움직일 때마다 회오리가 몰아친다. 이 '회오리'야말로 영혼의 음악이다.

집 한 채 없는 눈 덮인 대지 위에 나무가 한 그루 서 있다. 바람을 동반한 폭우는 이 나무를 넘어트릴 듯 세차게 후려친다. 나무는 폭풍이 몰아치는 북풍한설로 꺾어질 듯 꺾어질 듯 위태로울 때 하늘을 향하여 외친다.

"버틸 힘을 주소서."

그러나 신은 들어주지 않는다. 가지가 꺾여나가고 둥치도 휩쓸려 나간다. 끝내 뿌리만 남는다. 우주(미술가)는 이 고주박(곰삭은 그루터기)에 중심을 내어 준다. 아직도 살아 있는 '점', 작가는 그것을 그린 것이다.

미술이라는 몸통이 있다고 할 때 문학은 머리에 해당하고 손과 발은 음악이다. 나는 평생을 통해 나의 머리가 지시하는 것을 한 번도 거역한 적이 없다.

손발은 몸통에 붙어 있어 매일 분주하게 움직이지만, 머리의 지시에 따라 움직인다. 영혼과 몸이 따로 존재할 수 없듯이 머리와 몸통은 하나이다. 불교에서 말하는 윤회설과는 조금 다른 개념이다. 윤회설은 전생과 현생의 인격적 연속성이 없다. 문학은 인간의 사상과 감정을 언어와 글자로 사용하는 언어 예술이다. 고로 문학은 인간의 신체 구조상 머리에 해당한다. 머리는 생각하는 갈대이다.

미술가가 새로운 캔버스를 접할 때 무엇을 어떻게 구상할까를 먼저 생각한다. 이것은 문학에 해당한다. 이 기획에 성공하면 노래는 저절로 흘러나온다.

강위덕의 예술론

음악은 시간의 진행으로 이루어지는 예술이다. 소리가 울리는 동시에 과거가 되는 것이지만 기억으로 고정된다. 청각으로 감성을 느끼는 예술이다. 미술은 진행을 공간적으로 설명하는 예술 행위다. 이미지와 사운드의 결합이다. 문학은 이 두 가지가 결합할 때의 생각 예술이다.

음악, 미술, 문학은 독립적으로 존재하는 것이 아니라 서로 영향을 주고받는 밀접한 관계이다. 19세기 후반 인상주의 통합에서 퓨전아트가 머리를 들기 시작하면서 "나는 생각함으로 존재한다."라는 데카르트의 논리를 입증한 셈이다.

사람이라면 누구나 세 가지를 가지고 있다. 그림(인물), 노래, 언어이다.

이번 개인전은 삼위일체의 논법을 확대한 기획전이다. "허물다 전(展)"이다. 하이퍼 리얼리즘, 쉬르리얼리즘, 소리예술. 회화예술, 문학예술의 경계를 허무는 예술 전시다. 도토리 키재기를 없애는 "허물다 전"이다.

그림을 보고 눈물을 흘리지 않지만, 글을 읽으면서 눈물을 자아내고 노래를 들으면서 감성을 쏟아낸다. 그림<문학<노래 순이다. 노래는 절정이다. 노래를 들으면 그림이 보이고 시가 쏟아진다. 이것이 내가 음악을 하는 이유이다.

아폴론의 재림과 더불어 예술세계의 새로운 경지로 나아가다

아폴론은 그리스 신화에 나오는 올림포스 12신 중 한 명이다. 아폴로라 불리기도 하는 신으로 태양, 음악, 시, 예언, 의술, 궁술을 관장하는 신이다. 델포이 섬에 있는 아폴론 신전은 앞일을 예언하는 신탁으로 유명하다. 아폴론은 대개 머리에 월계관을 쓰고 손에는 리라를 든 아름다운 용모의 젊은이로 묘사된다. 종종 밝게 빛나는 자라는 뜻을 지닌 '포이보스'라는 별칭으로 불린다. 네이버 지식백과에 소개된 내용이다. 아폴론을 인용한 까닭은 음악을 받아들이고 공부하게 된 이야기를 하기 위해서다.

나에게 처음 미술을 가르쳐 주신 스승은 대구여고 미술 선생님이다. 그분은 미술을 하려면 음악감상을 많이 하여 감성을 높여야 한다고 주장하셨다. 당시 스승의 말을 따라 음악감상을 많이 했다. 차이코프스키의 〈비창〉, 〈백조의 호수〉 등 수많은 음악을 그때 접했는데, 미술의 첫 스승이 나에게 음악의 씨를 뿌려주신 셈이다.

그런데 처음 미술을 가르쳐주신 스승은 감성을 높여주는 음악감상이 필요하다고 주장하셨지만, 다른 분들은 음악이든 미술이든 하나도 하기가 버거운데 한꺼번에 할 수가 있겠느냐며 선택과 집중을 요구했고, 당시 사회의 분위기도 그런 쪽이었다.

그러니 처음 미술을 시작한 지 27년이나 지나서 내가 스스로 작심하고 줄리아드에서 작곡을 배우기 전까지는 그림을 그리면서 음악까지 해보겠다고 하면 정신 나간 사람으로 취급당하기 일쑤였다. 참으로 아쉽고 안타깝기 짝이 없다. 지금이라면 그림도 그리고 음악도 하라며 멀티 플레이어를 장려하는 사람들도 있을 법하다.

단기 4291년(1958) 미우회 창립전 참가

영남일보(https://www.yeongnam.com)에 접속하여 내 이름을 검색하면 '대구 학생미술 활동 역사 재조명'이라는 2007년 2월 28일자 기사가 뜬다. '時日 4291. 8月 23-26日 장소 USIS 화랑'이라고 단기 연호가 적힌 포스터까지 보여준다.

"56년에는 대구 시내 중·고교 미술부 연합서클인 '미우회'(초대 회장 김응곤)가 활동을 시작, 58년 8월 미공보원에서 창립전을 가졌다. 출품자는 김응곤, 박현기, 문곤, 강위덕, 민태일, 김동길, 이원좌 등 20여 명이다. 61년까지 다섯 차례의 회원전을 열었다."

한 갑자(甲子)도 훨씬 더 지난 일을 인터넷에서 찾을 수 있다는 사실이 신기하지만, '미우회'에서 활동하며 음악과 관련된 다른 특별한 기억은 남아 있지 않다.

어쨌든 미국으로 건너가서는 감상하는 데 만족하는 대신 직접 작곡을 공부했고, 작품활동도 활발히 했다. 교향곡을 주로 작곡했지만, 피아노곡, 보컬 솔로곡, 합창곡, 바이올린 프로그라마틱 솔로곡 등 200여 곡을 작곡했다.

미국에서의 내 이력 가운데 중요한 부분은 공부다. 물론 미술 쪽으로도 한국에서는 성에 차게 배운 바가 없었기 때문에 1990년부터 1996년까지 College of art student League NYC에서 나름 체계적으로 미술에 관한 이론을 배운 셈이었다.

줄리아드에서 음악 공부하고 작곡 시작

미술 쪽은 그나마 세종문화회관에서 전시회를 할 정도로 발을 담그고 있었지만, 음악은 전혀 문외한이라 1983년부터 1988년까지 명문으로 꼽히는 줄리아드 음악학교(The Julliard School)에서 제대로 공부했다. 음악, 특히 작곡을 공부하면서 세 분의 스승에게 직접 또는 간접으로 가르침을 받은 Jonathan Dawe, Nathan Currier, 천광우 세 분 스승의 사사(師事)를 이야기하지 않을 수 없다.

내 이력의 중요한 부분을 차지하는 Composition class with Jonathan Dawe, 줄리아드 스쿨 Faculty(1983~1998)와 Composition class with Nathan Currier, 줄리아드 스쿨 Faculty(1998~2004)는 20년 이상의 공부 인연이었고, 또 1990년~1992년에는 서울대 음대 작곡과와 뉴욕시립대 대학원을 작곡 전공으로 졸업한 천광우 스승을 사사하여 화성학, 선율 작곡법, 3부 형식 피아노곡 작곡법, 바흐코랄 화성 어법 등 그의 저작(著作)에서 가르쳐주는 공부를 착실히 했던 셈이다. 내가 작곡한 작품들[Selected compositions]을 자세히 설명해 보기로 한다.

① 교향곡 2003년 "The welcome Rain" for large orchestra 3.2.3.2.4.2.2.1/ timp, perc(3 player) strings the welcomes tree

② 교향곡 2003년 "The Raining Tree" for large orchestra 3.2.3.2.4.2.2.1/ timp, perc(3 player) strings(6분 곡)

③ 교향곡 제3번(2000년) "My Refuge" for large orchestra (41분 곡) 3.2.3. 2.4.2.2.1/timp, perc(3 player) strings

I Larghetto Adagio/ II Rejoice/ III The Sanctuary

④ 교향곡 제2번(1999년) "Martyrs" or large orchestra(35분 곡) 3.2.3.2.4. 2.2.1/timp, piano, harp, perc(3 player) strings

I The Eternal Wind Molto Grave/ II Martyrs for Mezzo soprano and orchestra

⑤ 교향곡 제1번(1995년) "Unification of South and North" for large orchestra(45분 곡) 3.2.3.2.4.2.2.1/timp/ harp/perc/celesta/strings

I Serenade Lento/ II Sea Waves Andante/ III The Choral Symphony Andante-Allegro

⑥ 작곡집: 여호와 나의 목자(합창곡 1995)

⑦ 〈the Raining Tree〉〈the welcome rain〉 (교향곡 2005)

⑧〈South North Unification〉〈my refuge〉〈martyrs〉 (교향곡 2004)

뉴욕 카네기홀, 그리고 서울 예술의전당에서

뉴욕 카네기홀
작곡 발표회 때

나는 유튜브 채널 https://www.youtube.com/watch?v=dS9EhQT1k6U&t=80s 로도 교향곡을 전하고 있다. 자기 작품을 전하고자 하는 욕구는 '표현하는 인간'의 본능이라고 할 수도 있겠는데, 그렇다고 아무렇게나 내던지듯이 선보이는 행위는 자존심이 허락하지 않는 일이다.

미술에서도 1980년 1월 9일부터 19일까지 세종문화회관에서, 또 1983년 4월 4일 뉴욕 한인문화원에서 동양화 개인전을 열었듯이 작곡 발표회 역시 제격을 갖추는 일에 대해 나름으로 신경을 썼다. 2017년 10월 21일 뉴욕 카네기홀에서의 작곡 발표회에 대해서는 이렇게 보도가 되었다.

"남가주에서 음악과 선교를 사랑하는 사람들로 구성된 음악 단체 '세천사 합창단(Three Angeles Singers)'과 '빛소리 여성합창단(Bitsori Women's Choir, 지휘 최은향)'이 오는 21일 권위와 명성의 클래식 음악당 카네기홀에서 '순교자(Martyrs)'라는 이름으로 음악회를 갖는다. 한인 작곡가 강위덕 씨의 합창곡들을 세계 최초로 초연하는 특별한 무대로 뉴욕필하모닉 단원인 바이얼리니스트 오주영 씨가 솔로 연주를 선사한다."

뉴욕 카네기홀에서 공연한 작곡 발표회의 호평(好評)으로 2018년 1월에는 LA zipper music Hall에서 뉴욕 공연의 앙코르 공연이 이루어지기도 했다. 그리고 마침내 열망하던 고국 무대의 공연까지 성취할 수 있었다. 서울의 예술의전당 콘서트홀에서 2019년 9월 1일 공연한 작곡 발표회는 40년 이민 생활을 접고 귀국을 결심하게 만드는 중요한 계기가 되기도 했다. 예술의전당 작곡 발표회를 참관했던 사람의 후기(後記)를 한 편 소개한다.

"가사가 익숙한 〈하늘에 계신 우리 아버지〉를 합창으로 시작하였다. 시작하기 전에 팸플릿 뒤에 시가 있어서 읽어 보고 있는데, 사람들이 작곡가 강위덕 선생님은 음악뿐만 아니라 문학에도 조예가 깊으시다고 얘기하는 소리가 들렸다. 연주가들은 악기를 연주하며 발표하는데 작곡가들은 어떻게 곡을 발표할까 궁금했는데 그 궁금증이 해소되었다.

가장 마음에 드는 노래는 〈The Lord is My Shepherd〉와 〈할렐루야〉이다. 내 마음이 어찌할 바를 모르고 가야 할 길이 보이지 않을 때 들으면 좋을 것 같다. 〈Programmatic Music 1, 2〉에서는 피아니스트가 반주(伴奏)하다가 갑자기 일어나서 피아노의 현을 만져서 놀랐다. 말로만 듣던 새로운 연주 기법을 처음 봐서이다. 〈바위섬〉은 내가 어린 시절 듣던 가요를 편곡했다고 생각했는데, 새로운 곡이었다. 모두 기독교의 곡이었다. 곡에 대한 해설이 팸플릿에 자세하게 나와 있어서 매우 좋았다."

musium과 gallery의 운영, 국제 학술발표

미국에서 미술과 음악이라는 양축의 예술 분야에서 작품활동을 하는 동안 'Wee museum of fine art(2014~2019)'와 'Wee gallery of fine art(2010~2018)'를 설립하여 직접 운영했던 일도 내 생애의 소중한 기억으로 남아 있다. 생계를 위한 방편으로 삼았던 치과 기공사 역할과 더불어 자택을 공식 허가받아 사용했던 musium과 gallery의 운영은 안복희 교수를 비롯한 50여 명의 한인 예술가들에게 작품 발표를 위한 기회를 제공하는 데 조금이나마 도움을 줄 수 있었다고 생각한다.

또한 1982년 대만 문화대학에서 열린 세계 학술 세미나에 참석하여 〈Relationship between Traditional Arts and Contemporary Arts〉라는 논문을 발표했던 경험은 예술의 글로벌 개념에 대한 이해와 더불어 미래 지향의 목표를 설정하는 데 다소의 영향을 미쳤다고 하겠다.

뉴욕 카네기홀과 서울 예술의전당에서의 작곡 발표와 함께 유럽에서도 체코 리퍼블릭 교향악단, 폴란드 교향악단, 볼게리아 교향악단 등에서 10여 차례 연주했다. 그런데 조금은 남다른 경험일 수도 있겠거니와 작곡 발표회 등 음악 공연이 활발해지고, 음악에 심취할수록 원래의 예술 텃밭이었던 그림에 대한 사유(思惟)와 철학적 깊이는 점점 심오해지는 느낌이 들었다.

두 마리 토끼, 그리고 문학이라는 토끼

＼

미술 분야로 데뷔한 때가 '미우회'에서 활동하기 시작했던 1956년, 지금부터 68년 전으로 당시 나이가 열여덟 살이었다. 그때로부터 27년 후인 1983년에 작곡을 시작했는데, 지금부터 41년 전으로 당시 마흔다섯 살이었다. 다시 그 때로부터 21년 후인 2006년에 문학으로 데뷔했다. 지금부터 18년 전으로 당시 예순여덟 살이었다. 그리고 지금은 문학으로 데뷔한 지 18년이 지났고, 나이는 여든여섯 살이다.

왜 굳이 이렇게 나이를 들먹이며 숫자놀음을 하느냐 하면 미술, 음악, 문학이라는 세 장르로 예술 행위를 하는 문제에 대해 한 번 더 짚고 넘어가기 위해서다. 노벨 경제학상을 탄 스웨덴의 군나르 뮈르달은 자유주의 경제학에 대해 가치 판단이 배제된 객관적 과학이 아니라 사실상 동시에 먹고 사는 문제까지, 두 마리 세 마리 토끼를 잡아야 한다는 '토끼론'을 내세웠다. 그러면서 이렇게 말했다던가?

"두 마리의 토끼는 불가능하다. 한 마리를 잡고 도망가는 다른 한 마리를 잡으려다가 잡았던 토끼마저 놓치고 만다. 그러나 양자 양택이 가능할 때는 한 마리의 토끼가 10년을 담보한다. 잡은 토끼는 이미 집토끼가 되었기 때문이다."
적절한 비유일지 모르겠지만, 집토끼로 만드는 데는 적어도 십 년 공부가 필요하다는 말로 들린다. 그렇다면 나의 세 가지 장르인 미술, 음악, 문학은 어떤가? 고작 10년이 아니라 집토끼로 만들기 위해 담보한 간격이 27년과 21년 씩이나 되니 너무 걱정할 필요는 없겠다고 생각해도 무방할까?

갑작스러운 영감과 더불어 작곡 시작

지금부터 41년 전인 1983년, 나는 뉴욕 맨해튼의 어느 거리를 운전하고 있었다. 신호등에 차를 세우고 있을 때 갑자기 음악에 대한 영감이 떠올랐다. 그 영감으로 금시에 눈물범벅이 되어 운전할 수가 없었다. 빨간 불이 파란불로 바뀌었으나 도저히 차를 몰고 진행할 수 없었다. 눈물이 앞을 가려 운전을 할 수 없었기 때문이다.

그때 교통순경이 나타났다. 창문을 열라고 하면서 물었다.

"What color do you want(무슨 색을 원하느냐)?"

파란색 신호등에도 차를 세워둔 채로 있으니 묻는 말이다. 내가 대답했다.

"Sorry. I couldn't see because of the tears(미안하다. 눈물 때문에 도저히 앞을 볼 수 없었다)."

이 사건이 작곡의 첫출발이다. 이때의 영감(靈感)으로 작곡한 것이 나의 처녀 작이다. 제목은 〈흰머리 갈대〉이다. 유튜브에서 '흰머리 갈대'를 치면 지금 도 영상이 나온다. 서울 예술의전당에서 공연했던 작품이기 때문이다. 세월 이 세월인지라 지금은 추호도 속일 수 없다. 인터넷에 다 노출되기 때문이다.

토끼 이야기가 아니더라도 문학을 시작하게 된 계기 역시 비슷한 맥락으로 볼 수 있다. 문학은 인간의 사상과 감정을 언어와 글자로 사용하는 언어 예술이 라고 할 수 있다. 얼마 전 챗GPT에 물어보았다.

"내가 살아 있을 때 나의 그림이 어떻게 하면 값이 올라갈까?"

4가지의 대답이 나왔다. 첫째, 가급적 동료 미술가를 많이 만나라. 둘째, 기업 가를 만나라. 셋째, 평론가를 만나라. 넷째, SNS가 들끓도록 하라.

동료 미술가를 많이 만나라는 첫째 대답은 자기관리를 하라는 뜻이다. 대한 민국은 자존심의 나라다. 경쟁심이 강한 나라다. 누구나 남보다 앞서기 위해 물불을 가리지 않고 목숨을 걸다시피 열심히 하는 나라다. 우리나라뿐만 아 니라 세계에서 1등 하기를 원한다. 가장 근래의 통계로 세계에서 1등을 하는 종목이 69개나 된다. 세계에서 1등 하는 종목이 가장 많은 나라로도 1등이다. 그것까지 합하면 70종목이다.

그러나 평화상 하나만 받았을 뿐 다른 노벨상은 없다. 평화상은 다른 노벨상과는 달리 노르웨이 오슬로에서 수여하는데, 그때 상을 주지 말라고 오슬로까지 달려가서 데모하는 사람들이 있었다고 한다. 가히 남이 잘되는 꼴은 못 보는 나라다. 배고픈 것은 참겠는데 배가 아픈 것은 못 참는 나라다. 사촌이 땅을 사도 배 아파하는 나라다. 그래서 6,000명 이상의 다른 사람이 추천해야 후보자가 될 수 있는 노벨상을 타기가 어렵다고 이야기하는 사람도 있다. 한국에는 남을 추천해 주는 문화가 없기 때문이란다. 그래서 우리나라는 추천을 기대하기 어려워 세계에서 1등 가는 종목은 가장 많으나 노벨상 수상자는 없다. 첫째 조건으로 동료 미술가를 많이 만나라는 말은 동료의 추천을 받기 위해 겸손(謙遜)하게 살라는 뜻으로 들린다. 웃는 얼굴에 침 못 뱉듯이 겸손한 사람을 누가 헐뜯겠는가?

챗GPT 따르자니 문학이 안성맞춤

챗GPT의 대답에 충족하려면 문학이 안성맞춤이다. 문학은 인간의 사상과 감정을 언어와 글자로 사용하는 언어 예술이 아닌가? 자기를 소개하는 매체의 대세는 SNS인데, SNS가 문학 없이 가능하겠는가? 문학은 단순한 소통을 위한 기능뿐만 아니라 그림을 단순한 그림 이상의 철학으로 승화시키는 매체이기도 하다.

챗GPT의 4가지 조건을 충족하려면 문학을 해야 한다. 문학은 곧 언어이기 때문이다. 문학을 통한 그림의 해설은 그림을 살리기도 하고 죽이기도 한다. 말이 없는 그림의 가치를 관상쟁이처럼 해부한다. 그림의 궁극적이고 필수적인 요소는 사상과 철학이고 그것을 표출하여 가치를 높이는 기능은 문학이 제격이란 뜻이다. 이런 깨달음을 실천한 해가 18년 전인 2006년이다.

여기서 만능의 예술가로 꼽히는 르네상스 시대의 미켈란젤로에 대해 생각해

보자. 언젠가 내가 어떤 매체에 기고했던 내용이기도 하다.

그(미켈란젤로)는 단 한 번도 자기의 예술을 위해 작품을 제작한 적이 없다고 해도 과언은 아니다. 월등한 그의 예술적 기술이 인정되어 주문품이 쇄도했기 때문이다. 천지창조의 그림을 보더라도 하나님의 생각을 아담에게 불어넣는 순간 하나님은 무엇을 생각했을까를 그림 속에 넣고 싶었을 것이다.

바로 그 예술적 영감이 이 천지창조의 주체를 이룬다. 이것이 곧 하나님의 대뇌의 해부도 표출이다. 이 과감한 대뇌의 해부도는 곧 하와를 아담의 갈빗대를 이용하여 창조할 것까지를 묘사하고 있다. 대뇌 평면도 속에 하와를 그려 놓았기 때문이다.

껍데기가 벗겨져 순교(殉教)를 당한 바돌로매의 손에 가죽만 남은 자기의 자상화를 들게 한 것은 바돌로매보다 더 참혹하게 알맹이를 착취당한 자기의 일생을 그려 넣고 있는 셈이다. 그는 주문품에 인생을 바친 바보 천재이다.

예술은 예술가가 표현하고자 하는 것을 창작해 내는 그 과정 자체로 완성되는 것이지 독자의 해석으로 완성되는 게 아니다. 파도는 바닷자락 어디선가 쏜살같이 달려와서 이내 무르팍 꺾으며 낭패해 하는 시시포스의 세계를 표출한다. 미켈란젤로는 그의 낮은 자세 때문에 장수를 누리며 많은 작품을 후세에 남겼을지도 모를 일이다.

그렇다면 예술로서의 문학과 음악과 미술의 공통점과 차이점은 무엇일까? 문학은 종이 위에 문자를 이용하여 표현하는 예술이다. 음악은 악보 위에 소리를 이용하여 표현하는 예술이다. 미술은 캔버스 위에 물감을 이용하여 표현하는 예술이다. 이 세 가지는 예술이라는 개념은 같지만, 표현에 있어서 방법은 각기 다르다.

성경(계 1:3)에서는 "이 예언의 말씀을 읽는 자와 듣는 자와 그 가운데에 기록한 것을 지키는 자는 복이 있다."라고 한다. 이 성경 말씀에서 읽는 것은 문학이고, 듣는 것은 음악이고, 기록은 헬라어로 그레프라 풀이하고 있는데 이 것은 미술이다. 이 세 가지 기능이 충족되어야 비로소 인간 됨됨이의 축복이 온다는 뜻이다.

미술과 음악과 문학이라는 세 가지 장르는 예술가가 아니더라도 누구나 가지고 있는 기능이다. 인기 있는 성직자가 되려고 해도 이 세 가지를 잘 유지해야 한다. 가령 목사의 경우 설교(문학) 잘하고, 노래 잘하는 목사라 할지라도 '그림'이 좋지 않으면 목사직에서 쫓겨난다. 여기서 '그림'이라 함은 목사의 가정, 자녀 교육, 개인의 인격, 교인과의 대인 관계이다.

예를 들어 강위덕이라면 강위덕의 머리, 강위덕의 손, 강위덕의 발이다. 머리도 강위덕이고, 손도 강위덕, 발도 강위덕이다. 머리와 손과 발의 다른 점은 기능이다. 한 목적을 가진 각기 다른 역할이다. 그림을 그릴 때 머리로 기획하고, 손으로 그리고, 발로 왔다 갔다 해야 한다. 작곡을 해도 3가지의 기능을 다 사용하고, 문학을 해도 세 가지 기능을 다 사용해야 한다.

홍길동은 사람이다. 그러나 사람은 홍길동이 아니다. 무슨 뜻인가? 예술은 목적의 동일성이다. 나의 그림자를 다른 사람이 만들어 줄 수 없다. 태어날 때부터 맹인(盲人)의 꿈을 다른 사람이 대신 꿈을 꾸어 줄 수 없다. 맹인의 꿈에는 사물이 없다. 오직 소리의 꿈뿐이다. 예술은 이런 내면의 폭로다.

광야를 달리며 포효하고 도전했던 86년

2024년 기준으로 1939년 3월 31일생인 나의 한국 나이는 86세이고 토끼띠다. 철 들고부터는 줄곧 외길로 달려왔다는 생각이 든다. 평생 살아오면서 예술 아닌 쪽으로 한눈을 팔며 헛된 꿈을 꾼 적이 없었다는 생각도 든다. 잠깐씩 공백기로 여겨질 때도 공부에 매달리거나 연구하거나 연습에 몰두하면서 오로지 예술을 목표로 삼았다는 사실에 그나마 자부심을 느낄 수 있다. 그렇게 일로매진했던 인생의 성과가 만족스러운가 하고 묻는다면 그것은 별개의 문제일 터이다. 다만 내가 적어도 잠시나마 예술세계를 떠난 적이 없었다는 사실과 함께 소이부답(笑而不答)으로 응할 따름이다.

미술을 처음 시작할 때는 초상화 쪽에 관심을 많이 가졌고, 나름의 재미와 성과를 누리긴 해도 거기에 머물러 있지는 않았다. 한동안 동양화에 매달려 1980년 세종문화회관과 1983년의 뉴욕 한국문화원 등에서 30여 차례 개인전을 열 때는 동양화가로서의 정체성을 지향했을 텐데, 미국에서 이민으로 생활하는 동안 어느새 동양화라는 울타리를 허물고 새로운 방법을 탐구하는 나 자신을 발견할 수 있었다.

미국 이민을 선택했던 나름의 이유도 있다. 한국이 지지리도 가난하던 시절, 예술을 하더라도 좀 더 넓은 세계에서 꿈꾸며 인연이 닿는 대로 배우고 익히고 경험하는 생활에 매진할 작정이었다. 무엇보다도 혈연, 학연, 지연의 울타리에 매달려 '아비가 누구냐?' 하는 식의 관습에서 탈피하여 '이것을 할 수 있느냐? 저것을 할 수 있느냐?' 하는 능력의 가치관으로 살아가야겠다고 생각했다.

이런 막연한 생각이 실행으로 이어진 과정은 뉴욕주립대의 초대전 요청으로 미국을 방문하게 되었기 때문이다. 초대전 이후 귀국하는 대신 8년 동안 뉴욕에서 불법 체류자로 살았는데, 레이건 대통령의 대사면령 대상자로 사면을 받았고, 사면 이후에는 가족을 미국으로 초청할 수 있었다.

내가 처음으로 소속되어 그림을 그렸던 미우회의 초대 회장을 맡았던 김응곤 교수는 고등학교 시절부터의 죽마고우인데, 나에게 임페스트 기법을 가르쳐 준 평생의 사우(師友)이기도 하다.

미술 활동 초창기에 동양화를 사사했던 벽촌 나상목 스승은 물론 뉴욕에서 함께 작품활동을 했던 정창선 화가와의 인연도 소중하게 여겨진다. 앞서 언급했거니와 작곡을 사사했던 천광우, Jonathan Dawe, Nathan Currier 세 분의 스승도 오늘의 나를 만들어 주신 분들이라고 할 수 있다.

미술, 음악, 문학으로 쌓은 작은 성과들

개인의 성격 탓이기도 하겠지만, 나는 어정쩡한 것을 참지 못하는 편이다. 특별히 금수저로 태어나거나 일류 학교에 다니면서 덕을 볼 기회는 없었지만, 웬만하면 제대로 갖추면서 살겠다는 의지만큼은 남달랐던 셈이다. 굳이 서울의 세종문화회관이나 뉴욕의 한국문화원에서 개인전을 열었던 것도 그렇고, 뉴욕의 카네기홀에서 작곡 발표회를 한 것도 제대로 평가받기 위한 노력의 결과였음은 말할 나위도 없다. 뉴욕의 카네기홀에서 공연했다는 이력으로

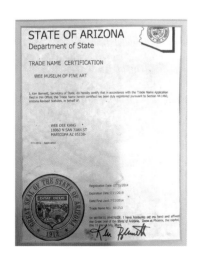

40년이나 국내에서 활동한 적이 없었던 내가 대한민국을 대표하는 서울 예술의전당에서 작곡 발표회를 할 수 있었던 셈이다.

College of art student League NYC나 The Julliard School에서 공부했던 것도 마찬가지다. 성경(계 1:3) 말씀을 다시 한번 인용하자면, "이 예언의 말씀을 읽는 자와 듣는 자와 그 가운데에 기록한 것을 지키는 자는 복이 있다."에서 읽는 능력인 말은 2살 때 배우지만, 경청(傾聽)하며 듣는 법은 80년이 걸려도 제대로 익히기 어렵다는

사실을 나이가 들수록 더욱 실감하게 된다.

거의 70년에 가까운 세월 동안 활동하다 보니 소소한 성과들도 있었다. 〈숲의 랩소디〉(서울문학, 2024), 〈손톱이라는 창문〉(문학공원, 2022), 〈미치도록 잠이 매렵다〉(2015) 등 시집도 출간했고, 〈숲의 랩소디〉(서울문학, 2024) 외 11권의 화집·도록도 펴냈다. 전자책 서울예술의 전당 공연 실황(책장을 넘기세요 2019) http://jm-korea.com/e-book/woalwkrhrrkrkddnlejr 전자 시집〈고성능 안경으로도 볼 수 없는 것〉(2022)과 교향곡 유튜브 https://www.youtube.com/watch?v=dS9EhQT1k6U&t=80s 도 운영 중이다. 2001년에는 신학 이론 〈성소 예수〉를 펴냈다.

한국전통예술대상전 동양화 부문 특선(1981), 스토리문학 시 부문 대상(2022), 정읍시 문학공모전 대상(2022), America Composer Orchestra Whitaker New Music Sessions selecded(2001년), 에피포도 예술제 작곡 부분 대상 등을 수상했다. 현재 BMI(세계작곡가협회 1989년-현재), OPA(미국 미술가협회 2012~현재), 사단법인 한국문인협회(2020~현재) 회원으로 활동 중이다.

시

행위예술

지성은 존재의 비의(祕儀)로 탈바꿈하고

지성이 쏟아지는 곳엔 흐르는 물에도 등뼈를 세운다

물의 통찰은 온몸으로 핥아야 할 등 시린 얼음조각이다

조이고 싶어도 조일 수 없는 불수의근(不隨意筋), 차라리

현실에 발을 딛고 지각과 정서에 물기 흐르는 제 몸에 사정한다

장렬히 생명을 불태우는 아방가르드의 승부,

문학의 세계에서 빛나는 강렬한 축복은 젊음의 퍼포먼스다

예수의 나이에 아귀를 맞추어

권총으로 머리에 구멍을 낸 반고흐의 행위예술처럼,

온몸으로 혓바닥이 되어 뜨거운 시멘트 바닥을 뒹구는 지렁이처럼

시인은 몸으로 존재한다

입은 말하고 입술을 다문다

부러지기 쉬운 갈대

죽었다는 헛소문이 돌고 있다
그믐마다 챙겨둔 별을 갈대밭에 숨긴다
원소는 '나' '너', 그리고 '꽃과 나비'
갈대밭이 바람에 납치당하자, 그 이파리에 베어 피가 흐른다
목숨을 매단 세월의 끈에 물을 축이며
부러지기 쉽고 상하기 쉬운 과거가 되지 않은 채 현재로 남아 있다
중과부적(衆寡不敵)의 상태로 챗GPT 시대에 돌입한 오늘에도
눈 내리는 밤과 조곤조곤 이야기를 나눈다

별같이 바람같이

눈물로 산화(散花), 바람이 된다

땅과 하늘의 반란이다 갈대로 만든 화선지에 먹물을 떨어트린다 노화지의
결을 타고 해색준 묘미법으로 엉킨 노끈을 풀어제친다 붓의 물감, 생생히 끌
고 더는 오지 않거나 오지 않을 것들,

기다린다

본능

1. 나지막한 산마루 언덕, 상처 입은 여인이 숲을 열고 들어가 하나둘 바람을 세고 있다 은하수 어느 별의 영혼이 담긴 듯, 신이 만든 요철(凹凸)의 혈흔 같은 동백꽃, 인간의 원초적 욕망이 서려 있는 축축한 늪 따라 낮은 땅이 허물어지고 흔들리면서도 끝내
굴절하지 않는 바람아! 생명을 고고하게 불태운다
시를 쓰던 골고다의 언덕이 주홍빛 침묵을 지운다
말이, 말이 아닐 때, 말이, 말을 벗어날 때, 말이 말을 하도록 하는 순간 말이 지워지고, 소통이 지워진다

2. 우주의 웜홀을 보다가 여자를 본다 하늘에도 웜홀이 있다 하여 여자는 하늘이라 했다 고로 여자는 하늘이다

충격, 취향도 한걸음 물러서기를 기다리던 남자가 천당이 내게 오기 전 지금의 하늘이 하늘의 하늘보다 더 가까이 있다는 것을, 신이 모든 곳에 자리할 수 없어 여자를 우리에게 두었다는 것을 이제야 알았지 이생도 그렇고 내생도 그렇고 여자는 내게 하나님이야
행위가, 행위가 아닐 때 행위가 행위를 벗어날 때 행위는 지워지고 사랑도 지워지지

3. 당겼다 밀었다 하는 요제절 행사는 권력자의 권한이 아니라 하늘 위에 머물러야 하는 하늘의 아침이야 시인의 추리에 자유를 준다면 우주는 골고다의 언덕에 매달려 있다

표절의 온도

침묵으로 노래하는 너는 누구냐 돌빛 감아 도는 투명, 차디찬 DNA가 나의 발목에 꼬리표를 붙인다 꽉 잡아도 잡히지 않는 너는 높음에서 낮음으로 애틋한 소리, 흙을 길들이며 창조가 정교하다

서로를 표절하며 가다듬는 매무새

명랑한 계시, 경건한 높이 고르기, 지고한 높이도 순간 따라 다시 낮아지는 너의 정점은 신들의 기척이지
어디까지 흘러갔을까? 어느 강여울을 지나 서해바다에 소금이 되었을까
시냇물에 얼음이 얼면 얼음 안의 시냇물은 성형외과 의사가 돼
못생긴 돌멩이를 다듬어 이쁘게 조탁(彫琢)하지 그래서 조약돌이 생겨났어
얼음이 되었다가, 풀렸다 다시 얼음이 되는 너는 나이테를 만드는 창조의 신이야
너의 속성은 참으로 이상해
이상하기 때문에 능력이 있어 보여
졸 졸 졸 소리의 꽁무니를 따라가 보니 시냇물의 소리는 사람의 소리야
자갈에 부딪치고, 돌에 부딪치고 들풀에 부딪칠 때 노래를 하지
시냇물에 노래가 없다면 인생의 삶에도 노래가 없지
빈껍데기의 목쉰 바람소리도 시냇물의 리듬 속으로 들어가 버리고, 혹한 밤
생각할수록 깃털처럼 날아간 세월, 안쓰러운 가슴으로 지나간 삶이 흐르고 있지

나는 아버지를 표절해서 이만큼 살았고

은행나무는 모목(母木)을 표절해서 수백 년을 살아온다

표절은 36.5도, 따스한 피의 흐름이야

옆구리는 외로움을 포함하지 않는다

옆구리를 찔러본다 하늘이 오므라든다 광개토대왕이 옆구리를 찔러 나라를 세우더니 맥아더장군이 옆구리를 찔러 서울을 탈환한다 옆구리 작전은 소실대탐(小失大貪)이 수렴되는 적분(積分)의 값이며 창과 방패를 쓸 필요가 없다. 새들이 하늘의 어디든 옆구리를 찔러 길을 만든다 옆구리를 찢어 탈출의 통로를 내는 애리조나의 사막은 내가 지난 40여 년 동안 발 딛고 산 나의 옆구리다

홀로 아리랑이 옆구리를 넘는 소리로 독도를 지킨다 맷돌이 어처구니로 우리 민족을 살려왔듯 독도는 옆구리로 우리 영혼을 먹여 살린다 후반 44분 프리킥, 손흥민의 오른발 감아차기 슛이 축구장의 옆구리를 강타하자 북런던이 환호한다

인류 최초 4대 문명발상지 메소포타미아 평야가 옆구리를 움직이자 르네상스를 타고 추임새를 한다 서쪽에 무엇이 있길래 달도 가고 해도 가나 서쪽으로 서쪽으로 세계를 휘감고 인천항에 상륙할 즈음 대한민국이 몸살을 앓는다 굼벵이 같이 생긴 한국이 세계를 흔든다

그리스와 로마의 옆구리는 위대했다 아이네아스는 아프로디테 여신의 아들, 그는 팔라디움을 옆구리에 끼고 불타는 트로이 성 탈출에 성공한다 타이어 속의 텅 빈 어둠이 엄청난 속도로 고속도로를 굴린다 덩달아 텅 빈 나의 가슴도 구른다 트로이의 발꿈치가 상하는 동안 옆구리에서 핏물이 삐져나온다 이 물과 피는 우주의 옆구리다

자다가 일어나 창문을 연다 뒤뜰 긴 그림자 사이로 잘게 썰린 별빛이 심엽(心葉)에 스며든다 새어 들어온 별빛 한 모금 마시니 내 온몸이 빛이다 여름철 별자리는 한 하늘에 백조와 독수리를 한꺼번에 그려 넣고 거문고를 탄다 오리온자리의 겨울 평온을 보니 발걸음 하나 없는 하늬바람은 누구에게나 옆구리다

옆구리가 없는 고등어는 온몸이 옆구리다 생선구이 집에서 노릇노릇 옆구리를 익혀 옆구리를 뜯어먹는다 산다는 것은 아담이 하와의 옆구리를 찌른 일 내가 이름 모를 여인의 옆구리를 찌르자 화들짝 놀란 난공불락의 여인이 내 안으로 안겨 왔다 밤송이 가슴을 열어 알밤을 보인다 가슴을 열어 보니 내가 거기 숨어 있다 하나님은 왜 옆구리만 찌르면 깜짝 놀라게 만드셨을까

물에도 등뼈가 있었다

흐르는 강물은 변하지 않지만

그 속,

희미한 얼음조각은 살판

(시쳇말로 광대)

무대 위, 짜릿하면

박 때리는 존재의 비의로 탈바꿈하고

주섬주섬 진심을 깨우치는 빛으로 반짝인다

물에도 등뼈가 있었어 등 시린 얼음

몸과 마음이 남남이듯

쪼이고 싶어도 조일 수 없는 불수의근(不隨意筋)

차라리

장렬히 머리에 구멍을 낸 반 고흐의 행위예술

입은 말하고 입술을 다문다

진주알

온몸으로 혓바닥이 되어 뜨거운 시멘 바닥 위에 지렁이처럼

각성

제 몸에서 길을 빼낸다

한글이든, 워드든, 엑셀이든,

어느 프로그램에서 작업을 하든,

그것은 txt야

txt를 세이브한다

우주의 넓이는 1026제곱미터,

천조 분의 일초도 안 되는 찰나를 모방한다

르네마그리트가 하늘을 이고

한계를 확인한다

詩퍼런 눈으로 길을 찾는다

정작 바라보는 사람들을 위해 액(厄)을 담은 눈부신 예술,

오늘 아침 각성은 이것이 전부다

바다를 보시오

삶이 가파르거든
파도 너머로 불어오는 바람 소리에 귀를 기울여 보시오
나 이미 멀리 흘러와 바다에 와 있거늘
어차피 눈금 저울을 더듬듯 정처를 향하여 떨고 서 있을 때
저 파도, 한 송이, 몸에 들어와
나의 몇 매듭의 현기증 안에 맴돌고 있습니다

살아가는 길이 어둡고 막막하거든
언제나 변하지 않는 바다를 시야 높은 눈으로 바라보시오
바다는 내가 흘렸던 고통의 끝을 찾기라도 한 듯 응큼한 몸의 회오리를 돌며 마음
깊은 곳에 감춰져 있던 그리움과 조우합니다

바다여! 너의 끝없는 너비를 보면
너와 함께 말없이 해와 하늘과 바람을 타고
그 옛날 아버지가 짚었던 방식으로 굴절의 우둔지를 봅니다
살아있는 물결은 내 마음의 리듬,
별을 보는 밤이면 푸른 물결의 소용돌이에
마음 온통 바다가 됩니다
시간조차 잊히듯 파도와 함께
엉키고 또 엉켜
신발처럼 소리 지릅니다

창조의 블랙박스

진공 속에도 에너지가 있지

야수의 본성은 양자역학을 압도하는 에너지가 있어야 해

순간순간마다 보이지 않는 바위의 위치가 자꾸 변해가고

바위와 바위가 부딪자, 진공 속에 중력이 생기고 물질이 생겨났지

참, 신기해, 이렇게 해서 사람도 생겨났대

진공 속에 에너지는 호모 아리텍스,

1초에 수조의 부딪침으로 칼리오페의 그림자를 드리우면서,

그 속에 마음의 한 자락, 사랑,

그 뜨거움을 억제치 못해 가슴을 열었지

그리고 갈빗대를 열었지

언어의 속살일랑 추려 사랑으로 채우고

푸른 신호 등에 붕붕 액셀러레이터를 밟아 가슴의 길을 활짝 열었지

사랑의 연료는 한번 사용으로 폐기되는 것이 아니라

사이버 진공 팩에 보관되어 영원으로 이어지지

미끄럼 방지, 논스립 진공 패드가 변질을 막아내고

창조신의 블랙박스 기호, G.O.D.

진공 에너지 감마 상수는 Y, 단위 역제곱은 S^{-2}

자! 이제 신호의 밝기, 습기 찬 시선이 마른 땅에 나무를 심으며 쉬르리얼리즘 꿈의

나체로 여자가 태어났지

퀼트이불 실록(實錄)

씨실과 날실 없이 복잡하게 어울린 무늬는 방금 발굴된 고대 상형문자처럼 해석이 필요해 라우센버그의 만화경 같은 캔버스의 춤사위가 미디움이야

천태만상의 천 조각을 수집하기 위하여 얼마나 오랜 세월이 흘렀을까 못 가져서 평온했던 할머니의 모시 적삼, 가져서 괴롭던 복부인의 치맛단, 앉은자리 풀 안 난다는 비단 장수의 두루마기, 신식 아기씨들이 뒤집어 입던 청바지, 낡을 대로 낡아 엿장수도 마다하는 온갖 잡다한 헌 옷 쪼가리로 짜깁기를 했지

너는 마치 중세 성당 창문의 퀼트 문양을 닮았어 거기엔 조각조각 짜깁기한 예수의 초상화가 그려져 있지 어느 한군데 흐트러지거나 허황한 데 없이 단정한 얼굴에는 한번 보고 덮어버릴 얼굴이 아니라 우주의 내비게이션이 무엇보다도 섬서하게 패어져 있어 이건 비밀인데 사람은 다리부터 생기고 다리부터 죽는다잖아 엄마 뱃속에 있을 때는 발길로 아랫배에 시를 쓰지 이 시를 좀 봐 여인의 배꼽과 치골 사이에 손금처럼 섬세하게 패인 흔적이 있어

배에 새긴 파란 만장이여 카타콤에서 천여 성상을 송장처럼 지낸 이들이여 천 갈래 만 갈래 깨진 퀼트 유리알은 오천만 순교자들을 쳐낸 칼날이 되었지

당대의 증인은 르네상스 시대의 화가들이야 레오나르도 다빈치, 미켈란젤로, 라파엘로 산치오 등의 화가들은 그림으로 퀼트사를 써내려 갔지 그러나 그들은 천년 후 역사의 아이러니를 알 턱이 없었어 핍박을 가하던 그들은 패자가 되어 병인박

해에 휘말리는 신세가 되었어 퀼트 유리알 쪼가리는 어지럽게 얽혀 피를 토해냈지

신문지에 싸서 버릴 수도 없는 평온한 공간의 너는 어둠을 부끄러워했어 전봉준의 압송 소식이 피아노 소리와 함께 들려오고 있었지 진군하듯 들려오는 신자들의 발자국 소리가 밀알처럼 싹트고 있었어

박해의 역사를 포괄하는 따뜻한 너는 본래 차갑고 날카로운 언어들을 함축한 단어였지 그러나 그들은 찬 코드를 키질하여 포월(蒲月)적으로 치환해 놓았지 아님을 안임(冭)으로 바꾸었어 그들은 읽기의 혁명을 일으켰지 눈 속에 이글대는 전율의 마그마가 계속되는 혼절의 시간을 마다하지 않았어 말 속에 바람이란 단어가 나오면 이를 소망이라 바꿔 읽기도 하고 어떤 때는 찬 것을 따뜻하다고 바꾸어 해석했지 이러한 읽기의 혁명은 현대 시의 시작이었어 아방가르드의 조형이 시가 될 수도 있어 바르트, 야우스, 이저 등의 심미적 언어인 너는 지금 르네상스 천 년의 역사를 저공으로 비행하고 있지

쓰나미

거세게 몰아치는 쓰나미를 거느려 본 사람은 알지
순식간에 모든 것을 파괴하고
당황하고, 떨고, 비틀거릴 때,
살려 달라고 아우성칠 때,
너, 난파선에 올라타 죽음의 위협에도 용감하게 함성을 질렀지
오늘의 쓰나미는 나의 콧김에 나비효과라고,
"바람아 멈춰라"
그때 늙은 바람이 낄낄낄
바람의 근육을 씰룩이며
쓰나미는 생태계를 위한 신의 명령이라며 능청을 떨었지

누천년
지구마을의 배꼽이던 사람들
저무는 탯줄을 지닌 채 멸종을 노래할 때
아찔한 현기증으로 시간의 담을 뛰어넘고
여러 개의 바다를 지닌 바다가 바다를 끌고 바다에 도착했지
거기엔 억겁의 광선으로 해체된 수만 명의 시체가 흥건히 젖어있었지
바닷속의 지형도 해체되었지
새로운 환경과 새로운 서식지가 새로 생겼지.
집을 지었지
새싹이 돋았지

숨어있던 작은 생명체들은 미소를 지었지
쓰나미는 통쾌의 서곡이었어
슬펐던 악보는 심포니 교향곡의 오버쳐였지

눈부시게 푸르른 바다가 까르르 미소를 지었지

표현하는 인간 Homo Artex

풍경이 있는 랩소디

인쇄일 2024년 10월 10일
발행일 2024년 10월 16일
지은이 강위덕
펴낸이 이재욱
펴낸곳 모두북스
디자인 김성환 디자인플러스

ⓒ 강위덕, 2024

등록일 1994년 10월 27일
등록번호 제2-1825호
주소 서울 도봉구 덕릉로 54가길 25 (창동 557-85, 우 01473)
전화 02)2237-3301, 02)2237-3316
팩스 02)2237-3389
이메일 seekook@naver.com

ISBN 979-11-89203-54-2(03810)

*책값은 뒤표지에 씌어 있습니다.